中公文庫

精神の政治学

ポール・ヴァレリー
吉田健一訳

中央公論新社

目次

精神の政治学　ポール・ヴァレリー／吉田健一訳　7

精神の政治学

訳者の序

欧洲では、ヴァレリーが極めて難解な作家であり、それ故に彼が高遠な思想家であると考えられているようである。ヴァレリーの思想は暫《しばら》く措くとして、彼の文章が難解であるということは、ヴァレリーを実際に読んだことがあるものにとっては不可解な事情である。「難解」というのは、ある文章を読んでその意味を解し兼ねるということ以外の意味を有する言葉なのだろうか。言葉とは、言葉によって言い現せることを表現するのに用いられる手段である。そしてその表現に用いられる言葉が、表現せんとする内容の諸相貌を的確に指示するものであればある程、我々は内容たる観念を明確に把握することが出来る。ヴァレリーは、言葉というものがあることを表現するのに、どの程度にまで正確であり得るかということを生涯追究し、全くその努力の結果として、あらゆる名文の特徴たる朗々さを獲得した、最初にして又恐らくは最後の作家である。万事が自明であった時代に於ては、明確な表現は努力を必要としなかった。そういう努力が必要となって来たのを最初に感じたのはポオである。そして文学に従事するものの要諦として、表現に於ける明確さの観念を確立することによってポオの使命は終った。その意味での、言語の正式な**簡易化**の完成者がヴァレリーなのであるが、注意すべきは、彼の文章に於けるが如き平明さを他に求めることが極めて困難だということである。彼の後で、一般に読まれている文学者の作品や、新聞や雑誌の記事を読んで見ればそれが解る。表現するのは容易であるという観念が一般に流布しているために、ヴァレリーの文章の潔癖な平易さが却って難解に思われるという逆説的な事情を、我々は見逃すことは出来ない。では彼は、その特異に明晳な文章を用いて、何を言おうとしているのだろうか？

ヴァレリーが独創的な思想家であるということを私は認めない。寧《むし》ろ彼こそ、あらゆる独創を独断の如くに忌避し、彼が求める凡てのものを既存の現実に発見する、真に客観的な詩人ではないのだろうか。そういう客観性を少くとも概念としては主張した作家はゾラである。併《しか》しゾラは、或る現実を外面的に構成する個々の物体を丹念に列挙することによって、その現実を表現することが出来ると信ずる、本質的な錯誤に気附かなかった。彼に欠けていたのは詩人の炯眼《けいがん》であった。ヴァレリーは詩人の敏感さを以て彼が考察する対象に侵入してゆき、その現実に於ける真の姿を我々の眼の前に展開する。そして彼が何を対象としても、それが文芸批評上の問題であっても、大戦後の欧洲の混乱であっても、彼の方法は同じなのである。我々は恰《あたか》も我々自身が直接にその問題を思惟するが如く、彼が問題とすることの現実に矛盾する諸性格を彼と共に体験する。即ち彼は如何なる問題も解決しようとしないで、その輪廓を評論の形式の下に一つの芸術作品の裡に描出し、それによって、その問題の諸条件を心理的に再現するのである。あらゆる感傷を峻拒した彼の論文の抒情味も亦そこから発するのである。詩が現実の透徹した観察であることを、ヴァレリーの論文を読んだ後では誰が否定することが出来よう。彼は詩文学の領域に於ては純粋詩なるものを主張しているが、以上の意味に於て彼の全作品は、現代世界の一つの無比に精緻な叙事詩であると言える。そしてそれは又ヴァレリーが、独創を追究することによって独創の食傷に陥った現代欧洲の、唯一に信頼するに足る解説者であることをも意味しているのである。

附記。以下四つの論文はヴァレリーの作品集 "Variété III" (Librairie Gallimard, Paris, 1936) に収められている。

精神の政治学

一九三二年十一月十六日になされたる講演

私は諸君の前に、今日我々が生きている混乱の像《すがた》を喚起したいと思う。精神がこの混乱を認める時いかなる反応を呈するか、精神がその性質からしてこの混乱に抵抗することを必要として、己の能力や無力を点検した後、この混乱を自問し、それの明確な概念を得ようとする時、その反省がいかなる形を取るものか、それについて私は語りたいのである。

しかし無秩序の表象はやはり無秩序である。しかし私としては、ただ混乱ということから出発する他はなく、諸君が先ずこの混乱について考えて下さることを望む次第だ。それには或る程度の努力が要る。何故なら、我々は現代の混乱に遂には馴れてしまうからであり、我々はこの混乱によって生活し、それを呼吸し、それを誘発し、それがしまいには我々にとって真に必要になって来ている。我々は、我々自身の裡にと同じように、我々の廻りに、新聞や、我々の日常生活や、我々のなり振りや、娯楽や、知識にさえも、混乱を見出すのである。そしてそれが我々の原動力にもなっていて、我々自身で創造したこの混乱が、我々にはどこだか解らない方向、また我々が行こうと欲しない方向にいまや我々を導いてゆく。

この、我々の仕業である現在の状態は、必然的に、それ相応の未来を持っているのであるがその未来を予想することは絶対に不可能なのであって、これは真に前代未聞のことなのである。そしてこの新しさは、我々が生きている時代そのものの新しさから来ている。即ち我々が最早過去から未来の暗示となるべき何物をも得られなくなったのは、我々が数十年の中に、過去に叛《そむ》いて（即ち過去を破壊し、否定し、その価値を変更して）、事物をある別な状態に鋳直し、組織し、改造したからであって、その状態の顕著の数々は全く前例のないものばかりである。

かくのごとく急激な、徹底した変化は未だ曽つてなかった。即ち今日、地球の全部は認知され、探検され、設備され、全部が人類の享有する所となったとさえ言ってよく、また、最も遠距離の出来事もその瞬間に知られ、一般に我々の、物質とか時間とか空間とかいうことの概念や、それ等のものの利用の仕方も、いままでとは全然異っている。この時に当って、いかなる思想家、哲学者、歴史家であっても、彼がいかに聡明で、思慮深く、博学であるにせよ、これからのことを敢《あえ》て予言しようと言うものは一人だっていないだろう。政治家や経済学者があれほど思い違いを繰返した後で、我々はその中の誰の言葉をいまなお信用することが出来ようか。我々は最早戦争と平和と、潤沢と窮乏と、勝利と敗戦との区別さえもはっきりは解らなくなっている。……そして世界の経済組織は、**為替相場の象徴理論**を無限に発展させる方針と、今まthen野蛮人に限られていた最も原始的な交易形式、即ち物々交換への思い掛けない逆戻りとの間を、そのいずれにも決め兼ねて、さ迷っているのである。

＊

かかる現代の、非常に華やかであると同時に非常に陰瞑であり、非常に活動的であると同時に実に陰惨な、人や物の状態を考える時、私は以前海上で受けたある印象を思い出すのである。数年前、私は艦隊に乗組んで航海したことがある。その艦隊はトゥーロンからブレストに向って進航中であったのだが、それがある天気のいい日、岩礁の多いサン島の附近で俄《にわか》に霧に襲われ、六隻の戦闘艦とおよそ三十隻の軽装艦や潜航艇は、忽ち盲になり、風と潮流に翻弄されつつその暗礁の多い真只中に立往生してしまったのである。その時極く僅かな衝撃さえも、武器と甲鉄で固められたそれ等の浮城を覆すのには足りたのであって、その印象は忘れ難いものだった。即ちそれ等の驚異的に機械化された巨艦は、知識と勇気と訓練とを兼ね備えた人々によって操縦され、近代科学の供給する極度の能力と正確さとを備えていたのであるが、それが、海上に少しばかりの水蒸気が出来たために、全くの無能状態に陥り、相当不安な思いで霧が晴れるまで待つことを余儀なくされたのである。

この対照は我々の時代が示す対照に酷似している。即ち我々はあらゆる知識と能力とによって武装されながら、我々が組織し、設備した世界の迷路的な複雑さを前にして、今や盲も同様、なす所を知らないのである。精神はこの迷雲を打ち払おうと努め、その迷雲から何が生れてくるか、その混沌の中に何か感知出来る暗流はないか、そこにはいかなる線が蔵せられているか、見極めようとしている。その線とは即ちその未決定の交叉が明日の事件となって現れるべきものなのである。

精神は時には、既に存在しているもの、既に知られているもの、そして文化人の生活にとって是非必要であると信ぜられるものの中の、本質的な部分を保存しようと努力する。また時にはすべてを清算し、全く別な人間の世界を新たに建設しようと試みる。

また一方では、精神は自分や、自分の存在の諸条件（それはまた自己の発達の諸条件でもあるのだが）、および自己の美徳や能力や資産を脅す種々の危険について、要するに、自己の自由や、深さや、発展について考えなければならない。そして以上のような、精神の持つ二種類の関心についての考察が、私に、この講演の演題となっている**精神の政治学**という、やや曖昧で神秘的な名称を思いつかせたのである。

＊

私はただ諸君に、こういう問題が実在するということを示すことが出来ればいいと思っているのである。私はここでこの問題を深く穿鑿《せんさく》しようとは思わない。またこの問題の広大な範囲を限定しようとも思わない。この問題は、それについて熟考すればするほど、簡単に明確になるどころか、却ってなお複雑になり、それを凝視する時、ますます不透明になるばかりなのである。そして今日、人間の活動や知識や能力のあらゆる部門に表面的に一瞥を与えるだけでも、我々はそのすべての部門が危機に瀕していることを認める。即ち経済の危機、科学の危機、文学の危機に芸術の危機、政治的自由の危機、風俗の危機、すべて皆危機だ。――細かなことは略するとして、私はこの危機の状態の最も注目すべき一性格をここに指摘したい。それは即ち、現代の世界は、その実力は絶大なものであり、技術的には驚異的に進歩し、実証的な方法論に完全に浸潤されているにも拘らず、それは自己の創造した生活様式とか、ある種類の科学精神の普及と発展とが多少誰にでも抱かせるに至った思想形式とかに、適応するような、政治学も、倫理も、理想も、法律も、何一つ創始することが出来ないでいる、ということである。

科学を根本的に革新し、言語の性質や、制度の起源や、社会生活の形態を明かにした、数々の批判的な研究について少しでも知っているものは、今日誰でも、概念とか原理とか、また昔は真理と呼ばれたものの中で、再考され、修正され変換されることのないようなものは一つもないことを知っている。またいかなる行為もある約束によって成り立つ便法的なものであり、いかなる法律も、それが不文律であるにせよ成文律であるにせよ、近似的なものに過ぎないことを知っている。

憲法や民法で問題にされている人というもの、即ち政治的な推測や運動の対象となっている市民、選挙人、被選挙人、納税者、被告、などというものが、現代の生物学や心理学や精神病学が定義する人というものと或いは違っているかも知れないことは、今日誰でもが黙認していることである。そしてそれは一つの異様な対立を生じ、そのために我々の判断は奇妙な具合に二重になっている。例えば、我々は同じ一個人をあることで責任を有するものとも有せざるものとも見做すのであって、我々の思索が法律の立場から行われるものであるか、客観的な立場からであるかに従い、その時その時に採用する異った虚構に従って、同じ人間を責任のないものとして考えたり、責任のあるものとして裁いたりするのである。それと同じように、多くの人々の精神には、同時に信仰と無神論とがあったり、また、感情の中の無秩序と思想上の何等かの秩序尊重とが、並存しているのが見受けられる。また我々の中の大部分のものは、同じ問題について一人で二つも三つもの異った結論を持っていて、それが同じ時に、何の渋滞もなく、その瞬間の刺戟の如何によって、相次いで主張されたりする。

こういうことは**危機の状態**の確実な徴候なのであって、その状態は、我々の思想の矛盾や行為の支離滅裂によって定義される、一種の内的混乱に他ならないのである。即ち我々の精神はお互に少しも関連のない思想や傾向によって満されているのである。そして、もしある文明の**年齢**が、その文明が聚集した矛盾と、その文明の中で互に矛盾していながら同時に存在してお互の一徹さをやわらげ合う、風習や信条と、同一人の頭脳のなかに共棲する哲学や審美学の多様さとによって計らるべきであるならば、我々は、我々の文明が最も老年のものであることを認めなければならない。見給え。同じ一家族の中で数多の宗教が信奉され、数多の民族の血統が結合されたり、一人の人間のなかに豊富な不調和が集結されていることが、現代においては少しも珍しいことでなくなっているではないか。

現代人は、そしてそこに彼が現代的である所以が存するのであるが、彼の思想の奥に隠れている数多の、互に相反する命題と共に生活することに馴れていて、それ等の命題が代るがわる彼の意識の明るみに出されるのである。そしてそれだけではなく、これ等の内的な矛盾や、我々の環境に認められる各種の相剋を、我々は常には感じないのであって、そういう矛盾が昔から存在していた訳ではないということも、我々は稀にしか考えて見ない。しかしこのことに気附くのには、政治上の寛容というものが、即ち思想や宗教の自由というものが、歴史的に言って非常に遅くしか実現されないものだという事実を想い起せば足りる。そういう寛容さは、人々が各自の精神がその相違を交換することによって、次第に豊富になると共に弱められた時、即ち非常に進んだ時代に至ってから、初めて可能になり、法律や風俗に侵入するのである。これに反して不寛容ということは、純粋な時代の恐ろしい美徳であるとも言えよう——。

以上私が精神の混乱とか錯綜とかいうことを幾分強調して述べたのは、私がそこに現代というものの本質を見るからである。私はそこにまた、現代の世界を一つの面において、また単一の縮尺に従って表現することの困難さ、というよりも、その全く不可能である原因をも見るのである。現代の世界を論じて混迷に陥らないということはあり得ない。しかも、歴史について知られていることを根拠として、この全般的な混乱の状態の次に、何が来るかを推測しようとするのも無意味である。既に言ったように、この頃になって急激に人間の世界に齎《もたら》せられた、多数の劃期的な新事実は、現今の事態と五十年や百年も前のこととの比較を、ほとんど不可能にしてしまったのである。我々が駆使する動力や、利用する方法や、我々の日常の風俗は、以前とは全く異ったものであるし、以前は予想することさえも出来なかったものばかりである。我々は、二千年間の変遷に堪え得たために不滅に思われていた、価値や、想念や、情操を、一代のうちに無価値にし、分散せしめ、破壊した。しかも我々は、かくのごとき未聞の新事態を表現する用具として、有史以来人間が使用してきた諸概念をしか持ち合せていないのである。

要するに、我々は社会組織の混乱、表現用語の混乱、および祖先から伝えられたり、我々の生活の斬新な諸条件が醸し出した、あらゆる種類の神話の混乱に直面しているのである。そういう生活の条件は、知性の産物であり、全く人工的なものである他に、知性が絶えず作りだす後天的な新意匠に直接に支配されているものであるから、本質的に不安定なものなのである。即ち我々は今や、**未曽有の発達を後楯に持った無限の希望と、未曽有の失敗や変事の結果である量り知れぬ幻滅や不吉な予感とに分たれて、**混乱に陥っているのである。

*

この問題が私にとって重要な関心事となっているのは、昨日や今日のことではない。私が既に一八九五年にこの問題について書いた文章の内容は、ここでは略するとして、*一九一九年、大戦が終ってから数ヵ月の後に、私は同じ問題について次のように書いた。

＊『方法的制覇』〔原註〕

「――我々の文明も、死ぬべき宿命の下にあることを我々は知った。昔の世界で、今では全く失われてしまったものがあることは、我々は前から聞いていた。人々や機械と共に、その国の神々や法律や、辞書や学士院や、古典派や浪漫派や象徴主義者や、批評家や、そういう批評家の批評家と共に、過去の測り知られない奥底に沈んでいった、幾多の国々のあることは聞いていた――。

「我々は土というものが灰で出来ていて、灰には過去が匿《かく》されていることを知っていた。そして、物質的な、また精神的な富を満載した巨大な船の幻影を、歴史の堆積を透して眺めるのであったが、その船の数は我々には数え切れなかった。

「しかしながら、そういう船が難破した事情は、結局我々とは関係のないことだった。バビロンとかニネヴェとかいうのは、漠然とした、美しい名前に過ぎず、それ等の世界の没落は、それ等の世界の存在と同じように、我々にはほとんど意味を持たないのだった。

「我々は今になって、歴史の深淵があらゆる世界を呑み込んでしまうのに足りるものであることを知った。我々はあらゆる文明というものが、一人の人間の生涯と同じほど薄命なものであることを、今となって感じているのである。即ち今や、キーツやボードレールの詩をメナンドロスの詩のごとく散逸せしめる事態は、想像するのに少しも困難ではない。現に新聞の中にそれがある。

「それのみではなく、我々に与えられた教訓は更に峻烈であり、徹底している。即ち我々は、最も美しいもの、最も古いもの、最も頑丈なもの、また最も体系の整ったものさえも、不慮の事件によって消失することを思い知らしめられたのみならず、思想とか、常識とか、情操とかの領域において、我々の時代は予想外の現象を、例えば逆説の唐突な現実化や、明証の残酷な欺瞞を、体験しているのである。

「かくして、精神のペルセポリスは物質のスウサと同様に惨害を蒙《こうむ》らされたのである。すべての消失ではない、しかし失われようとする危険に瀕しないものは一つもない。そしてある異様な戦慄が欧洲の背筋に伝わった。欧洲は、その中枢たるあらゆる知的民衆の認識を通して、自分が既に今までの欧洲ではなく、何物であるかを知らず、欧洲というものとして今まで持っていた自覚をまさに失おうとしていることを感じたのである。しかもその自覚は、幾世紀にも亙る何千人かの一流の人物の受難と、無数の地理的、人種的、および歴史的な偶然の結合とによって、かち得られたものなのであった。その時、あたかも自己の存在と特質との絶望的な防御を準備するかのごとく、欧洲のあらゆる記憶が雑然と甦ってきた。そのあらゆる偉人や偉大な著作が乱雑に頭に浮んできた。大戦当時ほど人が多くの書物を懸命に読んだことはない。本屋に聞けば解る。――その時ほど人が真剣に祈禱したことはない。僧侶に聞けばわかる。

「あらゆる救世主、創始者、守護者、殉教者、あらゆる英雄、国父、聖女、大詩人の名が唱えられたのはその時だった。そして、同じ精神的な混乱に陥った欧洲の文化は、教義や、理想や哲学体系等の、互に相反する無数の思想の急激な再生を来した。幾百種かの世界観や、千に上る基督《キリスト》教の諸解釈や、何十という実証主義の分派が、精神のスペクトル全体がその取りどりの色を現して、欧洲の霊魂の臨終を、その異様に雑駁な光を以て照したのだった。この時発明家は工夫を凝らし、過去の戦争の記録を限なく調べて、鉄条網を刈除する方法や、潜航艇を撃滅したり、飛行機の進行を不可能にする方法を考究していたのだが、その間、欧洲の霊魂は自分の知っている限りの呪文を試み、いかなる奇怪な予言にでも慎重に耳を傾けるのだった。

「霊魂は想い出や、前例や、伝統のすべてに、隠れ場や、指針や、慰めを求めた。

「そしてそういう行為は明白に不安の産物であり、ちょうど罠に掛かった鼠のように、実際から悪夢に走り、悪夢から実際に戻る、狂乱した頭脳の統一を欠いた遣り口なのである。

「軍事上の危機は或いは去ったのかも知れない。経済上の危機は現に我々を襲っている。

「しかし精神の危機はそれ等よりも遥かかに微妙なものであり、その性質からして（精神が危機に接するのは隠蔽そのものの領域においてである）、それの呈する外観は極めて紛わしいものである故に、この精神の危機の実際、即ちその位相を確認することは、決して容易な業ではないのである。

「文学や哲学や審美学において、今後どういうものが残り、どういうものが廃るかは、何人も予見出来ないことである。いかなる思想や表現形式が失われ、またそのいかなる新風が出現するかは、未だ誰にも知られていないのである。

「希望は確かに残っている。しかし希望は、精神の精密な予測に対して存在が抱く疑いに過ぎない。精神が存在にとって不利な結論をなす時、希望は存在に、それが必ず精神の過ちでなければならないことを暗示する。しかし現在の場合では、眼前の事実は無慈悲であり、明白なのである。即ち我々は、何千人かの若い文学者や芸術家を失い、欧洲の文化というものに対して幻滅し、知識が危害に対して何物をも保護し得ないことの実証を見た。また、科学の道徳的な抱負は致命的な打撃を受け、言わば科学自身が、その応用の残酷さによって汚されたのである。理想主義は、辛うじて勝利は得たけれど、深い痛手を受け、これもまた、その曽つて抱いた夢の責任を負わなければならないでいる。現実主義は目論見が外れ、打負かされて、過失や罪悪の堆積の下に喘いでいる。強慾と献身とは共に愚弄され、信仰は混乱し、基督教徒と基督教徒とが、回教徒と回教徒とが戦っている。事件が相次いで急速に起り、激烈で、刺戟的であって、それが我々の想念を猫が鼠を弄ぶように弄ぶので、懐疑主義者さえもなす所を知らない。彼等は疑念を失い、またそれを抱かせられ、またそれを失う、というような状態に置かれて、今や最早、彼等の精神の動きをいかに運用すればいいのか、全く解らなくなっているのである。

「譬えて言えば、船の動揺が余りに激しかったので、最も巧みに吊られた船灯さえも遂に覆されたのである*──」。

*『精神の危機』〔原註〕

＊

この一節が書かれた一九一九年以来の世間の事態は、その頃とそれほど変ってはいないので、私は以上の文章が現今の不安や疑惑をも、かなり正確に表現していると思う。しかし今度は、その混乱を認識し、それを育てるもの、それによって苦しめられ、しかもそれを否定することの出来ないもの、自己の本質からして自己を分裂せしめずにはいられないものを、描写することによって、私が一九一九年に行った混乱と無秩序との分析を完全にしたいと思う。即ち今度は、精神について説きたいのである。

私はこの精神という言葉によって、何かある一つの形而上学的な実体を意味するのでは決してない。私がここで言う精神は、ある一種の**変換する力**に過ぎないのであって、我々はそれを、我々の周囲のある種類の現象や、我々の環境に施されたある種類の変化について考察することによって検出し、それを他のあらゆる種類の力から見分けることが出来るのである。しかもそういう現象や変化は、自然力と見做し得る諸勢力の作用とは全く異った作用の結果なのであって、この作用の特徴は、我々に与えられた諸勢力を互に対抗せしめたり、或いはそれ等を結合したりすることに存し、その点において、自然力の作用とは正反対のものなのである。

そのように、諸勢力を或いは対抗せしめ、或いは強圧することによって、我々は我々の時間や体力を節約したり、力とか、或いはまた正確さとか、自由さとかを増大せしめたり、我々の生命を延長したりすることが可能となるのである。即ち精神は、以上の言葉から諸君が察せられた通り、形而上学に全然触れずに定義出来るのであって、かく定義すれば、我々はただ厳密に認識しただけの意義を精神という言葉に与えることとなるし、それによってこの言葉は、ある意味において、一群の全然客観的な観察の象徴となり得るのである。

＊

この力によって行われる変換の中のあるものは、人間の行為の中で、今まで問題として来たのよりは更に高級なものを定義するのである。即ち精神は、生きていく以上不可避な本能や需要を満足させるのが目的である外に、なお我々の感覚を対象として種々の実験を試みるのである。例えば詩人や音楽家は彼等の技巧に託して、悲しみや苦しみを含めてまでの彼等の感情を、詩や音楽に、即ち彼等の感情の世界を全的に保存し、普及せしめる方法に変えるのであるが、この場合行われる変換程奇蹟的な現象を我々は他に見ることが出来るだろうか。そして精神は、己の苦悩を変えて作品にするのと同様に、人間の閑暇を種々の遊戯に変える術を心得ている。即ち精神は、無邪気な驚嘆を好奇心に、知識慾に変えるのである。また組合せの興味に惹かれて、極度に抽象的な諸科学を築き上げるに到るのである。例えば、世界の最初の幾何学者たちは、暇な時に、彼等の計算や図形を楽しんでいたものに相違なく、厳密な規則に支配された彼等の遊戯が、他日何等かの役に立つことを予期しているはずはなかった。そしてその遊戯が今日、宇宙の体系を説明し、自然の法則を発見するなどとは、思いもよらぬことだった。

同じように、人間の感じる恐怖さえもが、様々の驚異的な製作物を産したのは、やはりこの変換させる力である精神の不思議な術策によってであった。恐怖は神殿を築き、恐怖が変じて即ち、これ等の驚嘆すべき石の祈り、荘厳な象徴的建造物、これ等の、人間による美と意志との最高表現となったのである。精神は、それによっても解る通り、そういう霊的な感動とか、人間の閑暇とか、夢とかを、更に高級なものに変じるのである。精神こそあらゆる物的、心的な事象を高貴にする真の仙丹《せんたん》なのである。

*

私が精神を定義するのに用いた、以上の特徴や例証から明かであるごとく、人間の精神は人間を一種の冒険に導き入れている。その冒険というのは、人間がその原始的な生活条件からますます離れて行こうとしている、その努力を言うのであって、あたかも人間という種属は、彼を常に同じ位置、同じ状態に置こうとする通常の諸本能の他に、それ等とは正反対の、もう一つの全く逆説的な本能を有するかのようなのである。

この奇怪な本能が我々の生活の環境を、何等かの形式によって絶えず変革しようとし、我々をして、単に動物的な生活を営むのに必要なだけの作業から、時には非常に懸け離れたことに専念せしめるのである。この本能が人間に新しい欲求を生み、人為的な欲求を増し、先に言った天然の本能、即ち生きているのに必要な幾つかの刺し針(instinct〈本能〉は aiguillon〈家畜を駆るための刺し針〉の意味を持っている)の傍に、多くの別な衝動を扶植するのである。そしてこの本能が創造した欲求の尤《ゆう》なるものは、種々の経験を資本化して、それを集結し、固定し、それを以て思想を築く材料となし、あたかもまだ実在しない世界における生命のありようを探り、既に存在しない世界に生命を求めるかのように、それ等の経験を現在以外に投射して見ずにはいられないのである。

序《つい》でながら、ここで一言、（それが決して新しいものではないことは事実であるが）人間が発明したものの中でも刮目《かつもく》に値するある発明について、述べさせて貰いたい。それは外でもない、過去と未来との発明についてである。これ等は決して自然的な概念ではない、というのは、原始人はちょうど獣と同じように、その瞬間瞬間にしか生きていないのであって、人間は原始状態に近ければ近いほど、それだけ過去や未来を意識することも少くなるのである。例えば獣は、非常に少量の過去と非常に少量の未来との間に生きていて、一つの欲望を、それが満された感覚を得るに至るまで、或いは別な言い方をすれば、何物かを欲求する感覚を、その欲求を満す行為の瞬間まで、持続せしめるのに必要なだけの過去と未来とがあれば、それで足りるのである。即ち獣においては、過去と未来との持続は、何等かの刺戟を受けた時に始まって、その刺戟を取り去る生理的現象によって終る所の緊張や行動の期間に限られている。勿論、その間には種々の事件が差挟まれることもあるだろうが、獣の感覚が刺戟された時、それは常に出来得る限りの近道をして、獣をその刺戟の満足へと駆り立てるのである。しかし人間にあってはそうではない。人間は瞬間を延長し、それを一般的なものとして想像することによって、即ちいわば自己の能力の濫用によって、時間というものを創造し、彼が現に位置している瞬間の前方や後方に展望を有するのみならず、更に彼は、その瞬間に生きていることがほとんどないのである。彼が主として住するのは過去か未来かであって、彼が現在を意識するのは、感覚即ち快楽か苦痛かによって強制された時だけである。即ち人間には何時も、現に存在しないものが不足している、とも言える。そしてこれは、生きているのに是非とも必要な条件ではないのであるから、原始的な生活条件ではなく、全く人為的なものなのである。勿論、この「時間」の概念の発展は人間にとって有利な場合もある。しかしある意味においては、この有利であること自体が既に自然の法則に反している。何故なら、自然は個別的なものに関心を持たないからであって、もし人間が自己の生涯を延長したり、それをより安易なものにするとすれば、それは自然に反してであり、彼の行為は、精神を生命に対抗せしめたことになるのである。

ところで、予見するという精神の作業は文明の基本的な要素の一つである。予見するということが、大なり小なり人間のすべての計画の原因でもあり、方法なのでもあって、それはまた、少くとも原則としては、あらゆる政治というものの根本にもなっているのである。一言で言えばそれは、人間の生活に必要なあらゆる種類の組織から、最早切離すことが出来なくなった、一つの心理的な要素なのである。だから人類をその全くの外部から観察するとすれば、人間というものは、目に見えるいかなる目的もなくて多くの場合行動し、常に何か別の世界を意識し、目には見えない出来事や、無形の存在の命令に従って動いているものとしか、その観察者には思えないことだろう。その無形の存在が即ち、明日というものなのである。――そして、目に見えるものしか観察出来ない観察者にとっては、何とも解釈の付けられない、人間の種々の行動はすべて、予見ということによって支配されているのである。

しかし人間は、自己を現在の瞬間から引離す能力を得て、それによって自己を分裂せしめることが出来るようになったのみならず、それと同時にもう一つの、更に驚くべき能力を獲得したのである。それはすべての人間に、同じ程度に発達しているものではないのであるが、その能力は、自分自身の意識なのであって、人間はそれによってある瞬間、自己をすべての事物から引離すことが出来るし、更にまた、自分自身からも離れていられるのである。つまり自己は時折、自分自身というものをほとんど外的な対象物のごとくに考え得るのである。かくして人間は、自分自身を観察することが出来るのであり（少くともそう思うのであって）、自分を批判することも出来れば、強制することも出来るのである。そしてこれこそ独創的な創造であり、それによって更に創造さるべきものを、私は敢て**精神の精神**と名付けたい。

＊

以上の、私が既に定義した意味における精神というものの、非常に概略的な描写に、以上の直覚的な観察に、即ち**時間**の創造とか、自分自身の実体や、記憶や、性格とさえも対立する**純粋自己**の創造とかいうことに附加えて、私は更に、人間が自己の性能として所有しているものの中で最も豊富なもの、即ち人間の普遍性ということについて説明したいと思う。人間はこの普遍性を自己の裡に感じ、この性能によってすべて彼の思弁的、哲学的、科学的、および審美的な行為が成り立つのである。それのみならず、更に実際的な領域においても、人間の行動や欲望の範囲が拡大し、機会を捉えるとか、役割を演じるとか、目的に向って進むとか、不慮に備えて警戒するとかいうことが度重なると、人間が**可能性**を獲得し、それの運用を自在にし、それを実用するということが、ますます必要になって来る。即ち可能性も一種の才能なのである。

人間は思弁する存在であって、計画を立てたり、仮説を設けたりする。仮説とは、

可能性の利用でなくて何であろうか。また前述の予見ということも、この可能性という能力を有効に用いる場合の、見事な一例を示すものではないか。しかし予見には一つの特別な種類があって、私はそれをここで指摘したいのである。即ち精神は、外界に起る事件や現象を予見しようとするのみならず、自分自身について、自分自身の未来の動向を予見しようとする。つまり精神は、意識を働かせることによって集められたすべての与件が、いかなることを結果として持つかを知悉《ちしつ》しようとし、それ等の結果を生ぜしめる法則を認定しようとする。それは、精神が繰返しということを、**病的**にと言ってもいいほど、嫌うからである。**我々の裡に繰返して行われることは、決して精神自体に属するものではない。**精神は決して同じことを繰返さない傾向を有していて、図らず繰り言を言うことはあっても、極端にそれを避けるものなのである。それのみではなく、精神はすべて連続しているものの法則を常に発見しようとし、（数学者の言葉を使って言えば）極限に達しようとする。即ち、繰返しを予見してそれを制御し、それを克服し、何等かの形式によってそれを消滅せしめようとする。更に言えば、無限なものをその各要素に分解して、**公式**に変形しようとする。精神のそういう傾向がよく現れているのは数学であって、数学の大部分は結局繰返しを純粋に研究することを目的としているのである。つまり数学は、繰返しの機構を究明することによって、繰返しというものを要約する学問なのである。

かくして精神は、生命に根深い有機的な存在様式そのものを忌避するかのように見える。というのは、生命は、活力の交代の基として、基本的な動作の繰返しを要求するからである。**我々は幾つかの生理作用の反復に依存しているのである。**——認識はこれに反して、各瞬間の特異さということには関心を持たず、特殊の場合を一般的な法則の裡に包括し、繰り言を公式に要約し、また種々の相違はその平均を取るとか、それよりも遥かに大きな量を問題とするとかによって解消しようとする。精神はその点で生活の機能とは、全く行き方の違ったものだ。

生きているということは、相当多くの人々の考え方や、新聞や芝居や小説に見られる解釈の仕方に反して、本質的に単調な操作であることに注意して頂きたい。人はある小説とか芝居とかが、筋が込み入っていて、思い掛けないことや、衝動的なことや、華やかなことや、感動させることを表現している時、その小説や芝居が**生き生きしている**と言うが、これは正しい言い方ではない。——思い掛けないとか、華やかだとかいうことは、生命の外面的な性格に過ぎず、単なる感覚の変動なのである。そしてそういう外観を呈することもある本質、即ち生命そのものは、ある体系的な、周期的な変化によって成立っているのであり、その種々の変化は我々の意識しない箇所で、また多くの場合我々の感覚に少しの影響も及ぼさずに、継続されているものなのである。

精神においては、記憶とか、習慣とか、そういうすべての自動作用が、この普遍的な、静的な生命の動きを現している。しかし外界の情況は無限に多様であって、それ等に対応するに足るだけの、前記の自動作用よりは更に高級な諸能力を精神は有している。精神はそういう能力によって秩序を建設し、また無秩序をも出来《しゅったい》せしめる。何故なら、変化を起させることが精神の本分だからである。精神はそうすることによって、感覚の根本法則を（少くとも私が感覚の根本法則だと信ずるものを）、ますます広範囲に発展せしめる。というのは、生物の世界に、ある切迫、ある不安定の要素を導入することが、この法則の本質なのである。

我々の感覚は、生活現象の普遍的な単調さに相当する、睡眠に近い無自覚状態から我々を絶えず呼び醒す。我々は、何等かの差障りとか、我々の環境や生理状態における何等かの変化とかによって、絶えず警告され、揺り起されることを必要とし、そのために、予期していない時に、また頻繁に、**新事実**に対して我々の注意を喚起する種々の特殊な器官を有している。そういう新事実が、その新しい場合への順応とか、その新事実を解消したり拡大したりする態度とか、行為とか、移転とか、変更とかを、我々に課するのであって、そういう新事実を我々に伝える諸器官が即ち、我々の感覚系統なのである。

故に精神は最初に感覚によって刺戟されるのであり、そして、その変換する力を発動するのに必要な、本質的に不安定な性格を、感覚によって賦与されているのである。

例えば獣が安心して横になっている時、何か妙な物音を聞いたとする。それが**事件**であり、獣は耳を欹《そばだ》て、次に首を起し、段々に不安になって来る。やがて獣の全身に、**変換する力**が伝わり、獣は立ち上って、聴覚を頼りに逃げてゆく。そしてそれだけの結果を生ぜしめたのは、**ある微かな音に過ぎないのである**。それと同じように、あらゆる現象というものに絶えず注意している精神、別に言えば、習慣によって感覚を鈍らされることのない精神にとっては、いかなる平凡な出来事でも（例えば一つの物体が落下することでも）、覚醒の動機となるのである。そしてそれによってそういう精神は知的な不安に襲われ、その不安は、精神が前以て有する疑問や条件の全系統に伝えられるのである。——そのようにしてニュートンは二十年間、彼の精神上の様々な組合せの中に閉じ込められていた――。

更に注意すべきは、精神が主体となっている種々の作業や、精神がその周囲の（それは物質であってもいいし、生きものであってもいいのだが）事物に蒙らす種々の変化によって、精神は、自己の裡に認めるものと同じ性格を、そういう物質や生きものに伝達する、ということである。人間の発明のすべてが、我々の体力を節約するか、或いは（既に言ったように）繰返しを節約するか、或いはまた、我々の肉体を自然状態におけるのとは非常に異った境遇に置くことを以て、その目的としていることに御注意願いたい。例えば、精神の認識作用と同じほど迅速に、我々の肉体を運搬するというのが、発明の目的の一つである。

人は以前、「思想のごとく早く」、とよく言ったものである。早さはその頃まで、精神作用の特質のように考えられていた。しかし我々は今日、精神作用よりも更に早いものを幾つか知っている。例えば我々がある物を見て、それをそれと認める間に、或いはそれによって何かを思い出す間に、光線は何千キロかの距離を走り、我々の乗物は行先に三メートル近づくのである。即ち思想が物体を自分自身と同じほど早く動かす方法について、工夫を凝らしたようなものだ。そしてそれによっても人間の発明というものが、精神の影響の下に、精神自身の作用や性質を目標としていることが察せられるのである。

＊

しかし私は単に精神の性格描写を行うのみでなく、精神が人間の世界にいかなる変化を来したか、それからまた、現代社会の秩序や無秩序はすべて精神の仕業なのであるが、ことに現代社会を精神がいかように変じたかについて、お話したいのである。一たび人間世界に伍すると、精神は、自分以外の精神によって取巻かれていることを発見する。そして各精神は多くの同類のものの中心となっているかのごとく、**唯一で**あって、しかも同時に、その多数の中の一単位に過ぎないものなのである。即ち**無比であると同時に任意の一箇なのである**。そういう精神というものにとって、他の精神との関係は、その最も重要な関心の一つになっていて、前述の矛盾はそういう精神と精神との関係にも現れている。というのは、精神は一方においては集団に対抗するものであって、自己であることを欲するのみならず、**自己が支配する**領域を無限に拡げようとするものなのであるが、他方においては、各自が他のものによって限定された人間の意志や希望の世界、即ち社会を認めずにはいられないのである。しかも精神は、その世界を或いはより安全なものにしようとし、或いは秩序を破壊しようと企てる。

精神は類別されることを嫌う。それ故に各種の党派を避け、他の精神と一致するとそれだけ自分が損失を蒙った気でいる。これに反して、他の精神に賛成出来ない時、それによって何物かを得たように思う。そして、他のものと同じように考えないではいられない種類の人間は、そのような一致を忌避する人間よりも、或いは精神的に劣っているかも知れないのである。ところで、あらゆる一致というものが不安定であることは周知の事実である。決裂する危険のない党派はなく、分離や相違や反対は、精神の存在を保障する作用であって、それは暫時一致が続いた後では必ず生ずるのである。かくして精神は心の奥で自由を取戻す。必要があれば、精神は事実や実証にさえも反抗するのであって、秩序を建設するのに当ってさえも、その反逆者としての本質を失わずにいる。それは精神が存在する事物を、最初から、変革すべき無秩序と見做しているからであるが、現代においては、精神がそれほど探し廻らずとも、その建設的な本能を発揮する機会は幾らでも見つかるのである。政治が精神にそういう機会を無限に提供するのである。

＊

政治には、人間というものの観察が必ず含まれている。我々が政治の目的をいかに狭義に解釈し、それをいかに簡単なものに、また平凡なものに考えるとしても、すべて政治的な問題には、必ず人間や精神の観念や、何等かの世界観が含まれているのである。ところが、私が既に述べたことから察せられるごとく、科学と哲学とにおける人間というものの観念と、法律とか、政治的、道徳的、また社会的な諸概念とかが対象としている人間の観念との間の距たりはますます大きくなっていくばかりである。その二種類の人間観の間には既に深淵が横たわっている——。

社会とか道徳とかに関する諸概念を、科学に用いる正確な言葉で表現したならば、人はこの科学的な人間観と社会的な人間観との甚大な相違に打たれずにはいられないだろう。この二つのうち前者は、最近に行われるようになった、**実証し得る**（それが scientifique〈科学的〉の本来の意味である）材料を以てする客観的な研究の産物であり、後者は、非常に古くからの信仰や抽象や、あらゆる時代の風習や、諸民族の政治的、経済的な経験や、多少とも尊重すべき情操が奇妙な具合に混り合っている所の、曖昧で不確定な概念なのである。例えば、現代科学の見地からしての人間に関する諸概念を、そのまま政治の領域に応用するとすれば、大多数の人間は生きているのに堪えられなくなるだろう。そのような、最も合理的な与件を厳密に応用することは、一般人の感情を激昂せしめるのに相違ないのである。そのような方針を実際に採用すれば、各個人個人が類別され、各個人の存在の最も深奥な箇所が侵されることとなるだろう。そして時としては、ある種類の変質者や畸形者は、絶滅されたり、不具にされたりするに到るだろう*――。

＊　最近某国で公布された法律は前述の厳密に合理的な処置を規定し、私の予見を実現した。〔原註〕

私は人間が、かくまで合理的な組織に編入されることを肯《がえ》んずるかどうか知らない。しかし私はこの極端な一例を挙げることによって、我々の精神の裡に共存して相争う各種の概念の間には、既に深刻な対立が存することを示したかったのである。そしてそれ等の概念は皆実力を有してい、各々伝統とか進歩とかを後楯としているのであるが、この、科学的真実と政治的現実との背反は相当に重要な新事実であって、この二つは昔から相反していたのではない。曽つてある時代には、裁判官とか、政治家とか、法律、風俗とかの見地からしての人間というものの概念と、哲学者が規定する人間の概念とが一致していたこともあったのである。

私は今まで述べてきたそういう現代の矛盾と不調和とについて結論する前に、先ほど引いた私のエッセイから更に数頁を引用して諸君にお聞かせしたい。それは己が混乱に直面した欧洲精神の状態を、独白の形に要約したものである。

「――今や、バールからコローニュに達し、ニューポールからソンムの河岸に、またシャンパーニュからアルザスにまで拡がる一つの巨大なテラスに立って、欧洲人ハムレットは数百万の亡霊を眺めている。ただし彼は知的なハムレットであり、諸真実の生と死について瞑想しているのである。我々の論争のあらゆる題目が幻影となって彼に附纏い、我々が誇りとするあらゆる功績が彼の悔恨の種となっているのである。

「彼は新知識の発見の重量に堪え得ず、際限なく進んでゆく自分の仕事に、再びつく力を失っている。彼は過去の繰返しを演じることに倦怠を感じ、絶えず新しくしようと欲することの愚劣さを思っている。

「彼は二つの深淵の間に立ってよろめいている。何故なら、二つの危険、即ち秩序と無秩序とが世界を脅しているからである。

「偶々彼が拾い上げる髑髏《どくろ》は、それは偉人の髑髏である。曽つてこの髑髏は、飛ぶ人間を発明したレオナルド・ダ・ヴィンチであった。しかし飛ぶ人間は、その発明者の意図を必ずしも実現しなかった。我々は皆、巨大な白鳥に乗って飛ぶ人間が、いまや、昔のごとく高山の峯に雪を採りに行って暑い日にそれを都会に降らすのとは違った目的で、今日では使役されていることを知っている。

「それからこれは、世界平和を夢みたライプニッツの髑髏である。

「ハムレットは、それ等の髑髏をどう処理すればいいのか解らないのである。それ等を放棄すれば、彼は最早ハムレットではなくなるのだろうか。——彼の恐ろしく明敏な精神は、戦争から平和への推移を見守っている。それは平和から戦争への推移よりも、さらに漠とした、さらに危険の多いものであって、すべての民族はそれのために不安を感じているのだ——。

「そして私は、とハムレットは独白する、欧洲の知識人である私は一体どうなるのだろうか、また不平とは何を意味しているのだろうか。——平和とは或いは、人間相互の敵意というものが、破壊を目的とする戦争によってではなしに、諸種の創造によって示される事態をいうのかも知れない。

「平和は故に、創造の競争と生産による闘争との時機なのである。しかし私は生産するのに倦きているではないか。――私は極端な試みに対する欲望を涸《から》したではないか。また私は諸種の微妙な混合剤を濫用したではないか。――私は私の困難な任務やすぐれた野心を放棄すべきなのだろうか。――今は大新聞を編輯しているポローニアスのように、また航空界に活躍しているレヤーチーズのように、或いはまた、ロシア人の仮名の下に何だか知らないがやっているローゼンクランツのように、私もまた流行に従って行動すべきなのだろうか。――幻影よ、さらば。世界は最早お前をも私をも必要としない。

「やりきれない正確さに赴く己が傾向をば進歩と名づけている自我は、今や生の恩恵の上に死の特典をば添加しようとしている。

「まだ幾らかのごたごたは残っている。しかしそのうちにすべては解決され、我々は遠からず、動物的な人間の社会なる奇蹟、即ち完璧な、そして決定的な、蟻の世界の出現を見るに至るだろう――」。*

＊『精神の危機』〔原註〕

私は先刻、精神にはその特質として一種の変換する力があり、精神はそれによって、人類初期の動物的な諸条件を変更し、初期の人間の世界とは非常に異った世界を建設するに至ったことを言った。それ故に、そういう発展と、人間の基本的な性質、即ちその出発点における性質との間の種々な対立や相違から生ずる多くの難問題によって、精神が悩まされていることは決して不思議ではない。そして、事物が原因となっている実際の難問題の他に、我々は、我々自身の業績、我々自身の創造の累積によって、別種の難問題を持掛けられている。

現在の困難の多くは、事実からますます離れていくばかりの一種の神秘論、或いは神話が依然として実在していて、その拘束からいかにして脱し得るのかを誰も知らないことから来ている。あらゆる瞬間に我々はその重量と必要とを感じているのである。つまり我々の裡には、昨日、即ちそういう神話によって代表されている過去と、我々を悩ましているある一種の明日との間に闘争が行われているのだ。そして、この昨日と明日との闘争が現今ほど激しかったことは未だ曽つてないのである。その非常に不十分な影像を、その予見幻像を、諸君は歴史に見出すであろう。例えば古代世界の終りに、或いは基督教勃興期に、或いはルネッサンスの初めに、或いはまたフランス革命に。

しかしあらゆる現象の尺度がそういう時代とは著しく異ってきた。我々は精神の二つの面、即ちその変換の面と保存の面との間の間隙が日と共に拡大してゆくのを感じている。

先ず私は、あらゆる社会組織というものは**信用**或いは**信頼**を基礎としている、といいたい。これ等の心理作用がすべての権力の根本を成しているのである。即ち**社会**とか、**法律**とか、**政治**とかの世界は、その本質において、**神話**の世界なのである。というのは、これ等の世界を構成している法則とか、基礎とか、種々の関係とかは、物事の直接な観察や確認の結果として得られたものではなく、その反対に、彼等の方で、その存在や、効力や、強制したり抑制したりする作用を、我々自身に負うているのである。そして、**彼等が我々自身の、我々の精神の産物であることを我々が知らないでいればいるほど、彼等の存在や作用は有力となるのである。**

語られたものでも書かれたものでも、人間の言葉を信ずるということは、地面の安定を信頼することと同じように、人間にとって絶対に必要なのである。確かに、我々は所によっては地面の安定を疑うこともある。しかし特別な場合を除いては、我々にはそれが疑えないのである。

誓言とか、信用とか、契約とか、署名とか、それ等が意味している種々の関係や、過去というものの存在や、未来の予覚や、我々が受ける諸種の教育や、我々によって立てられる計画や、それ等すべては、全く神話的な性質のものなのである。即ちそれ等はすべて、**専ら精神に属している事柄を、精神の領域以外の事柄として考える**という、我々の精神の根本的な性質に依存しているのである。

ところで、この人間にとって絶対に必要な神話性の、本質的な性格は次のごときものである。即ちそれは、人間に**不均等な交換**を行うことを可能ならしめる、ということである。例えば、言葉や証文と物貨との交換とか、**与えると与えられるだろう**との交換とか、現在において確実なものと未来に属していて不確かなものとの交換とか、或いは、さらに一歩進んで、信頼と服従との交換とか、情熱と、断念や献身との交換とか、感情と行為との交換とか。

要するにそれは、現存していて、確実であり、計量することの出来るもの、即ち現実のものと、想像上の利益との交換なのである。しかしながら、実証的な意識の発達、というのは、諸君も知っている通り、この世の組織が段々緊密になり、それに従って計量し得る事象が段々優勢になり、**曖昧なことの**曖昧さに対して人間がますます敏感になってきたことの必然的な結果なのであるが、その実証的な意識の発達によって、今や人間社会の太古からの根本が危くせられているのである。

ここで、最も偉大なる精神も（例えばヴォルテール）、この崩壊の促進に協力したことを言って置かなければならない。科学においてさえも、批判精神が異常に強力に働き、甚大な効果を及ぼした。最も偉大なる精神は常に懐疑的な精神である。しかしながら、彼等は何かを信じている。即ち彼等は、**彼等を更に偉大にするものすべてを信じている**。例えばナポレオンは彼の運命を信じていた、というのは、彼自身を信じていたということである。そして、一般に信ぜられていることを信じないのは、明かに、自分自身を信じることであり、多くの場合、自分のみを信じていることなのである――。

＊

しかしこの世界の**信用による存在**、および人間と未来とに対する信頼を基礎としている世界の機構の概略を明かにし、想像的なものが現実に持つ重要さを諸君に示すために、私は実在の力の一種であるとされている**権力**さえもが、本質的に精神的な価値であることを諸君に説明したい。

権力というものは、人がそれに仮定する以上の実力を持つことは出来ないのであって、最も暴力的な権力さえも、信用がその基礎となっているのである。人は権力に、何時でもあらゆる箇所において使行し得るものとしての実力を仮定するが、権力は実際にはその力を、ある一定の時機にある一箇所においてしか発揮出来ないのである。要するに、すべて権力というものは、信用によって取引をしている営業所と立場が全く同じであって、そういう営業所は、その顧客の全部が一どきに彼等の預金の払戻しを請求しに来ることはないだろうという蓋然性（それは非常に大きなものではあるが）によってのみ、その存在を保証されているのである。もしある権力が常に、また任意の一時期に、その勢力範囲のあらゆる箇所においてその実力を発揮することを要せられたならば、その各箇所における実力は零に近いものであろう。

それにまた（これは更に興味深い事実なのであるが）、もしすべての人間が等しく聡明で、等しく批判的で、殊に、等しく勇敢であったならば、いかなる社会の成立も不可能になる、ということに御注意願いたい——。

即ち信頼或いは軽信、知的不平等、およびあらゆる形式による恐怖が、何《いず》れも等しく社会にとっては必要なのである。なおこれ等の基本的な要素の上に、貪慾と虚栄心およびその他の諸性質が附加される。――それ等は前に挙げた社会や政治の心理的な基礎に対する、心理的な補足物、心理的な調味料なのである。

＊

私はこの精神の所産であり、すべての文明が必要とする、信用が基礎となっている文明の機構について、（全然想像上のものではあるが）相当な所まで鮮かな影像を諸君に提供したいと思う。

私は諸君に次のようなことを想像して頂きたい（それは私の想像ではなく、今は名前を忘れたイギリスかアメリカのある著作家が想像したことであって、私はその本を読んだのでもなく、ずっと以前その本の要略か何かを読んだ時に頭に残った思いつきなのである）。――その著作家の想像によれば、不思議な一種の病気が現れて、忽ちのうちに、世界中の紙という紙を壊滅せしめてしまうのである。その病気に対しては防禦法もなく、治療法もない、その病原菌を絶滅することも出来なければ、その病気によって紙の繊維に生ずる物理的、化学的現象を防止することも出来ない。そういった訳で、その未知の微生物はあらゆる箱や引出しに侵入していき、紙挟みや書庫の中身を粉にしてしまうのである。かくして、紙に書かれたすべてのものは失われる。諸君も知っていられる通り、紙は蓄電池の役目と導線の役目とを務めるものである。紙は一人の人間から他の人間に、またそれのみならず、一つの時代から他の時代に、各種の確実なものや、各種の信じ得べきものを伝導する。

故に紙がなくなったとして見給え、紙幣、証文、条約文、公文書、法典、詩、新聞等がなくなり、忽ちにして、すべての社会生活は破壊されてしまう。そしてそういう、過去の崩壊によって、未来と、可能と、蓋然の中から純粋現実が出現する。

それと同時に人々は、各自の認識と行動との直接の世界に縛りつけられてしまう。各自の過去と未来とは非常に範囲の狭いものになり、人間はその直接の感覚や行動の領域から離れられなくなる。

この一例によっても、言葉と信用とに依存する諸価値の役目というものがいかに重大なものであるかは容易に理解出来るのである。この幻想的な仮説程、人間によって組織された世界のか弱さと、人間社会の精神性とをはっきりと摑ませてくれるものはない。

しかし私は今度は、別の、それよりも遥かに想像的でない仮説を考えて見たい。それは想像的でないだけに、一層印象が強いはずである。即ち私は、前述の紙の壊滅、莫大な事物のか弱い支えである、この紙というものの結核の代りに、**この支えを支えているもの**の崩壊ということを想像してみたい。というのは、我々が紙面の文章に賦与し、それによってその紙が価値を生ずる所の、信頼や信用の崩壊である。これは以前にも出来したことではあるが、現代におけるように不幸にも普遍的な性格を以て実現されたことは未だ曽つてないのである。最早これは想像上のことではない。我々は厳粛に締結された条約が蹂躙《じゅうりん》され、それでなくとも、日々その効力を失ってゆくのを見ている。我々は国が、**すべての国**が、約束したことを履行せず、署名したことを認めず、彼等の債権者たちの信頼を完全に裏切っているのを見ている。

我々は、立法者が個人をさえも私的な契約の責任から解放しなければならなくなっているのを見ている。

私は敢て言うが、――そしてこれは驚くべきことなのであるが、――最早**黄金**さえもがその太古からの、神秘的な支配力を、完全には保有していないのである、その非常に貴重な、非常に重量のある原子の裡に、信頼の純粋状態をば蔵しているがごとく見えた黄金さえもが――。

即ち、あらゆる価値が危機に迫っているのである。経済の領域においても、倫理の領域においても、政治の領域においても、何物もこの危機を免れているものはない。自由さえも、最早以前のように流行せず、五十年前には熱狂的に要求されていた自由が、今日では最も急進的な党派によって否認され、犠牲に供せられているのである。この危機はすべてに及んでいる。科学とか、民法とか、ニュートンの力学とか、外交上の伝統とか、すべてが危機に迫っていて、私は今や恋愛さえも、数百年の間行われてきたのとは全く別な観点から評価されようとしているのではないかと思う。

要するに、それは信用の危機、基本的な諸概念の危機なのであって、従ってあらゆる種類の人間的な関係の危機であり、精神によって与えられたり受け入れられたりするすべての価値の危機なのである。

それのみではなく、我々は更に（そして私はそれによってこの講演を終ろうと思うが）、精神そのものの危機を考えて見なければならない。科学は、その古代からの、宇宙を説明し統一するという理想を立て通す見込みがなくなっているようであるが、私は科学が直面しているこの異様な危機については語らない。宇宙は解体し、一つの統一した影像を呈し得る望みを全く失っている。例えば極度に微小な世界は、その凝集によって出来ている世界とは異様な相違を示すもののごとく、そこでは物体の同一性さえも存在しないのである。同じように私は、決定論の、即ち因果関係の危機についても語るまい――。

しかし私はここで、精神の高級な諸価値の存在そのものを深刻に脅している、種々の危険について言いたいのである。

全人類が大体において幸福であるという状態は、勿論考え得ることである。少くとも人類の、安定していて、平和で、組織的であって、安楽な状態は（我々が余りその状態に近くなっているとは言わないけれど）、考え得るのであるが、それと同時にその状態においては、知性の温度が極く微温的なものであることも考え得るのである。一般に、幸福な国民には精神がない。彼等は余り精神を必要としないのである。

故に、もし世界が、今まで既に相当に進んでいったある一つの方向に今後も随《したが》うものとすれば、我々は今日からでも、我々が最も感嘆するものや今まで作られたものの中で最も感嘆に価するものを創造し、効果あらしめたところのすべての条件が、急速に消失しつつあることを認めなければならない。

気高く美しくあり得るもの、と言うよりも、そうあり得たものが実現する機会を減少するように、すべてが仕組まれている。こういう事態は一体どうして起ったのだろうか。

最初に、最も容易《たやす》く観察出来ることは、我々現代人の感覚が一般的に不活発になっていて、言わば霧がかかっているということである。我々が敏感であるとは、決していえない。即ち一般に現代人というのは五官の鈍った人間なのであって、周知のごとき騒音をこらえ、嘔吐を催すような臭いや、強烈な、或いは極度に対照的な照明に曝され、神経を間断なく刺戟されている。そして彼にはどぎつい興奮剤や、極度に調子外れの音や、恐しく強い飲物や、短時間の獣的な感情が必要なのである。

現代人は支離滅裂に堪え、精神的な雑駁さの中に生活している。また他方においては、我々がそれにすべてを負っているところの精神上の仕事が、場合によっては余りにも遣りやすくなり過ぎている。即ち今日秩序的な精神の労働は、それをほとんど労働ではないほどやさしくする、種々の非常に便利な手段に恵まれている。いろいろな符号が創案され、いろいろな機械が出来ていて、それが注意の必要を軽減し、且つ一般に精神上の困難な、根気を要する労働を要らなくするのである。そして時がたつのに従って、そういう符号化や速記法による諸手段はますます多くなっていくのに違いなく、**それ等は、思考する努力を省略する傾向を有するものなのである。**

さらにまた、現代生活の諸条件は、不可避的に、個人や個人の性格を均等化するように作用する。そして、それによって得られる平均値は、不幸にも必然的に、**最下級の人間**によって代表されるものなのである。悪貨は良貨を駆逐するのである。

私の認めるもう一つの危険は、軽信と単純さとの憂うべき発展である。例えば最近フランスで流行し始めている幾つかの迷信は、二十年前には存在しなかったのであって、そういう迷信が、今日では上流のサロンにさえも侵入し、一流の名士が、椅子の木の部分を叩くとか〔厄払いの呪い〕、その他の妄信的な呪いをするのが見受けられるのである。それにまた、現代の世相の最も注目すべき一性格はその**無意味さ**である。そして私は少しも酷に失することなしに、我々現代人は、不安と無意味さとによって分たれている、と言うことが出来ると思う。我々は自動車だとか、ヨーヨーだとか、ラジオだとか映画だとかの、人間が曽って持ったことのない、最優秀の遊び道具を持っていて、それ等は、必ずしも最高級ではない種類のものを光線の速さを以て伝達する目的の下に、天才が創案したものをすべて網羅しているのである。現代ほど玩具のあった時代はなく、楽しみの数は実に多い。しかしながら、現代ほど警報の頻繁だった時代もなく、心配の種も実に多い。

それにまた、何とお務めの多いことだ。生活上の安楽さえもが我々に義務を課するのである。そしてそれ等の、生活が便利になったこととか、明日に対する懸念とかによって課せられる義務は日と共に多くなるのであって、何故なら、ますます完璧になっていく生活の組織は、規則や束縛のますます精緻な網の中に我々自身をも追い込んでいくからであり、それ等の規則や束縛の多くを、我々は意識さえもしていないのである。我々はいかに多くの物事の命令するままになっているか、考えて見る暇がない。電話が掛かれば我々はその方に駆けていく。時計が時刻を打てば、人に会いに行かなければならない。——その他に、仕事や交通についての時間割とか、ますます煩瑣になっていく衛生上の注意事項とか、そういうことだけではなく、昔はなかった字の綴り方の規則とか、横断歩道の設定とかに至るまでのことが、精神の生成にいかなる影響を及ぼすか、思うべきである。——すべてが我々に命令し、我々を急き立て、我々に何を為すべきか指図し、それを無意識にするように仕向ける。そういう反射的な行為の反省が我々には今日最も重要な反省となっている。
服装に関する流行にさえも、一種の想像の訓練、或いは**模倣の検察制度**が課せられていて、服装の審美学はそれのために、全く商人間の内密の談合するところとなっている。——

即ち我々は種々の具体的な、或いは感覚的な規定によって、あらゆる意味において包囲され、強制され、その強制力はすべての事柄に及んでいて、我々はそれ等の衝動の総和の支離滅裂さに呆然とし、それの擒《とりこ》となり、遂には**それが我々に必要となってくるのである。**

これ等は、人間が今日までに作った諸傑作に匹敵する作品を、これから作ろうとすることにとっての、最悪の条件ではなかろうか。我々には**成熟する余裕**がないのである。そして、我々芸術家が我々自身を省る時、そこには過去における美の創造家たちのもう一つの特徴、即ち持続する意志というものが最早認められなくなっている。私は多くの消失しつつある信用について語ったが、そのうちの一つは既に失われたのであって、それは後世と、後世の批判とに対する信用なのである。

*

私は現代の混乱に関する考察をここで終ろうと思う。私はこの問題について非常にせっかちな話しか出来ず、またそれについて、秩序立って述べることも出来なかった。諸君は私に、何等かの結論を求めていられるのだろうか。我々はものが具合よく終ることを望み、でなくともともかくも結末が来ることを欲する。終ることについては心配はいらないのだが、結論はといえば、それは不可能であることを繰返して言う外ない。我々は結論というものを執拗に要求し、愚劣にもそれを歴史とか、或いは政治にさえも無理に設定する。我々は物事の連続を幾つかの纏った悲劇に区切り、戦争が一つ終ればそれでその事件の解決がついたと考える。そういうものの考え方が、不幸にも間違いであることは、私が今更言う必要はない。我々はまた、革命というものが一つの完璧な解決であると考えるし、それもまた正しくないことを知っている。そういうものの考え方は、事物の低級な簡易化なのである——。

精神的混乱に関するこの種類の考察にとって唯一の望ましい結論は、未来に対する何等かの予想、或いは予覚である。しかし私は予言することを好まない。何時だったか、私が人間の未来というものをどう考えているか、また世界が五十年後にはどうなっていると思うか、聞きに来た人があった。私が返事に困っていると、その人は要求を減じて、「二十年後にはどうなっているでしょうか」と聞いた。私はその時、「**我々は未来に後退りして進んでいく**」と答えた。そして私は「一八八二年に、或いは一八九二年に、その後に起った様々な事件を誰が予想出来たろうか」と附加えた、「その後の世界の相貌を一変するに至った発見や事件を、今から五十年前、即ち一八八二年には、誰も予想してはいなかった」。私はまた、「一九三二年には、パリの通りを横切るのに生れて六カ月の赤子の保護が必要になり、横断歩道を子供に附添われて越さなければならなくなるのを、あなたは一八九二年に予想していられたでしょうか――」と言った。「いや、**私だって**そうなろうとは予想していませんでした」とその人は答えた。

要するに、昨今の事情に基いて未来を予見することがますます無意味に、またますます危険になっていくのである。しかし何が起るか解らないことを覚悟して、すべてに、或いはほとんどすべてに対して備えて置くことはやはり賢明なのであって、それが私の最後に言いたいことである。我々は我々の精神や、我々の心の裡に、明確さへの意欲と、知性の清澄さと、人類が着手している驚異的な冒険の偉大さおよび危険の実感とを、保っていなければならない。人類がその自然の、原始的な諸条件から或いは法外に遠ざかりつつ、何処を指して進んでいくのか、それは私には解らないのである。

知性に就て

一九三五年一月十六日になされたる講演

二年程前に私はこの同じ場所で、「**精神の政治学**」と名付けるものに就て諸君に語った。この演題の下に（それは余り正確な題名ではないのだが）、私は世界の現状を憂慮し、我々がその目撃者であり、又その媒介者である所の、諸種の事実に関する考察を行った。そして私はそれ等の事実の、政治的な、或は経済的な性格よりも、それ等が主として精神を如何なる状態に置くかを考慮したのだった。私は（或は必要以上に）、その精神の状態が危機的なものであることを力説し、要するに、果しの知れない混乱が、今日あらゆる領域に於て認められることを言った。我々はその混乱を我々自身の裡に見出すのと同様に、それを我々の周囲に、我々の日常生活や、我々の身なりや、新聞や、娯楽や、又我々の知識にさえも見出すのである。今や中断と、無秩序と、驚愕とが、我々の生活の通常状態となっている。それ等は多くの人々にとっては真実に必要となって来ていて、そういう人達の精神は最早、唐突な変化や絶えず新しい刺戟によってしか、言わば自己を満すことが出来ないのである。例えば「センセーション」とか「驚異的」とかいう言葉がこの頃よく使われているが、それ等は一時代の特徴を物語る種類の言葉なのである。我々は既に持続に堪えることが出来ず、退屈を豊饒にする術を知らない。我々の性質は空虚を嫌う、──所がその空虚に昔の人々は、彼等の諸理想の影像、プラトン的な意味での彼等の観念を描出する方法を心得ていたのである。私が「無秩序」と称したこの状態は、人間の作品と堆積した労働との二重の結果なのである。この状態は勿論ある未来を誘引するものなのであるが、その未来を予想することは絶対に不可能なのであって、このことは、多くの新事実の中でも最も重大なものの一つである。我々は最早、少しでも信頼するに足る未来の像を我々の知っていることから推定することが出来なくなっている。

我々は数十年のうちに、過去に逆って実に多くのものを顚覆し、又創造した。そして過去を否定し、破壊し、過去が我々に遺した観念や、方法や、制度を、別の秩序に従って再組織することによって、今や我々の現在は、前例も類型もないものとなっている。我々は最早、子が父親に対する如く、即ちそこから何か学び得るものとして、過去を考えてはいない。寧《むし》ろそれは、大人が子供に対する如くである。……我々は時々、我々の祖先のうちでも偉大なる人達を教え、且つ驚かしたく、その楽しみを味うために、彼等の蘇生を欲することがある。

私は屢々《しばしば》次のようなことを想像する。私は過去の偉大なる人物の一人が復活したことを妄想するのである。私は彼の案内役となって、彼と一緒に巴里《パリ》の市街を散歩する。そして私には、彼がせき込んでする質問や、彼の発する驚嘆の声が聞えて来るような気がする。私はこの子供臭い手段によって、毎日私が平気で見ていることに改めて驚愕の眼を瞠《みは》り、時間の推移が今日と一昨日との生活の間に、如何に甚大な相違を齎《もたら》したかを感じるのである。併《しか》し案内役の私は軈《やが》て困って来る。というのは、復活したナポレオンとかデカルトとかに我々の現在の生活様式を説明し、かくの如き奇妙な、又彼等には確かに恐しいに違いなく、敵意にさえ満ちていると思われ得る環境に、我々が如何にして生活するに至ったかを彼等に理解せしめるのには、どれだけの知識が必要であるかを考えて頂きたい。その困却の大きさでもって、世態の変化の程度を測ることが出来る。

＊

これ等の、あらゆる予見を絶した変化、即ち世界を根本的に変革し、世界が別様であったのをよく知っている程度に長生きした観察者にとって、数年のうちにそれを全く見違えるようなものにしてしまった様々の、甚大な変化の問題に、私にはここでただ触れて置くことしか出来ない。それで私は寧ろ、そういう未曽有の結果が極めて短時間に出来《しゅったい》したことを強調し、殊にこの急激な変化の最も有力な原因の幾つかに対して、少しく諸君の注意を喚起したいと思う。私は、先世紀の始め頃から明らかになって来た様々な新事実、完全に、驚異的に新しい諸事実に就て語りたいのである。

＊

科学はそれまで、もとから直接に感覚出来たことが知られている現象のみを、研究の対象としていた。勿論それまでにも、宇宙に対する観念は科学に対するのと同様に、又それと関聯して、非常に変りはしていたが、一方に於ては観察出来る諸現象、又他方に於ては人間行為の諸能力が、それ程変りはしていなかった。所が一八〇〇年に（だったと思うが）、蓄電池の見事な発明によって電流が発見され、それで、世界の相貌が変るに至った新しい時代が創始された。この日附に注意することは無意味なことではない。即ちこの啓示があったのは今から百三十五年前にすぎないのである。諸君はそれが種々の驚異的な結果を齎したことを知っていられる。それは電気力学と電磁学との広大な領域を学者の情熱と好奇心に提供し、電気の応用は殖《ふ》えるばかりであり、電気と光との関係が発見され、それは周知の理論的な発展に結果した。最後に、輻射《ふくしゃ》の原理の研究は、従来の物理学や、我々の思想形式をさえも、根本的に疑わしめるに至った。

そこで今、これ等の本質的に新しい諸事実、それ以前に予見することを許さず、しかも一世紀半にも満たぬ期間にその全部が相次で到来した、電流からX光線とか、キュリイの研究以来続々発見される色々な放射線とかに至るまでの、夥しい新事実を思う時、又それに、電信からテレヴィジョンまでの多数の新発明を附加する時、諸君はこの、それ程短い期間に人類に提供された（しかもその発展性は無限の如くに見える）、無垢の新事態に就て熟思することにより、長い間、昔から直接に感覚出来た現象ばかりを利用や研究の対象としていた人類に、如何に甚大な適合の努力が課せられているかを、想像することが出来るだろう。

＊

私は前述の思想の輪廓を明確にするために、ここで一つの作り話をお聞かせしようと思う。そしてこの思想は要するに、人類は凡ての予見が、——それが発見であるということ自体によって、——誤謬の契機、即ち我々の精神の如何《いかが》わしい産物になる歴史の一段階に、今や入りつつあるということなのである。

それで、私が諸君に想像して頂きたいのは、十八世紀の終り頃までに世界にいた偉大なる学者の全部、アルキメデスやニュウトンや、ガリレオやデカルトが、冥土の一箇所に集っている時、そこに、地上からの使者が、彼等がゆっくり審査するようにと、発電機を一つ持って来る、ということである。使者は彼等に、それが地上にすむ人間によって、動力や、光や、熱を生ずるために、用いられていることを告げる。彼等は発電機を眺め、その廻る部分を動かして見る。次に彼等はそれを解体し、その各部分の寸法を取って、点検する。即ち彼等は、出来る限りのことをして見る。……併し彼等は、電流や電流の誘導のことを知らない。彼等が考え得るのは、機械的なエネルギーの変化だけなのである。「これ等の糸巻に巻いた線は何なのだろうか、」と彼等は言う。そして彼等は遂に、発電機を理解することの不可能を結論する他はない。斯《か》くの如く、この不思議な物体に集中せられたあらゆる人間の天才と知識も、その秘密を発見することに失敗し、ヴォルタによって齎された新事実と、アムペールやエルステッドやファラデー等が明かにした諸事実を、推測するに至らないのである。……（そして茲《ここ》で注意すべきは、地上から冥土に顚落した発電機の不可解を告白する、それ等の偉才達は、発電機を点検するのに当って、我々が一つの脳髄を審査するのと全く同じ方法を採っていることである。即ち我々はその脳髄の重さを計り、それを解剖し、それの薄く削いだ断片を組織学の立場から研究したりする。そしてこの自然の変圧器は依然として我々には不可解なのである。……）

又もう一つ注意して頂きたいことは、私がこの発電機の譬えで、最も偉大なる精神の持主達を例に用いていることである。そして、今日では極めて多くの人々がその作用や用途を熟知し、社会生活には欠くべからざるものとなったこの発電機という器具の大体を、それ等一流の人々は理解することが出来ず、それは彼等にとって根本的に不可能なことなのである。

要するに我々は、人間行為に関する凡ての条件の、本質的な、急速な、不可避な変換に立会っているという特権――或は非常に興味のある不幸、――を有しているのである。

そして、我々以前の時代の人々が、我々の時代に於けるのと同じように深甚な、異常な変化を、彼等の生涯に於ても経験したと考えてはならない。四十年程前に、私の友達の一人がある日、私といて、「過渡期」というよく聞く言葉を嘲笑し、それは愚劣な流行り言葉だと言った。

「あらゆる時代は過渡期だ、」と彼は言った。そこで私は角砂糖を一つ取って（それは晩餐後のことだった）、それを彼に見せてから、珈琲茶碗に落して言った。

「――今まで砂糖入れの中で、相当長い間、先ず平穏に時を過していたこの角砂糖は、今、全く新しい種類の感覚を体験していると、君は思わないのだろうか。角砂糖は今、「過渡期」にあると言い得るのではないだろうか。又、子供が生れようとしている女は、それ以前とは相当異った状態にあって、彼女はこの彼女の生涯の一期を、過渡期と呼び得るのではないだろうか。彼女のためにも、又赤子のためにも、私はそれがそうである他はないと思う、」と。

そして今日私は、次のように言いたい、

「――例えば一八七二年から一八九〇年に至る一時期を生活した男が、次に一八九〇年から一九三五年に至る一時期を生活したとして、彼はこの二つ時間の間に、ある違いがあるのを感じないでいられるだろうか、」と。

＊

私はここ三十年ばかりの間に根本的に修正され、改変され、置換せられたもの凡てに就て、逐一説明しようとは思わない。何故なら、私は二年前に、この変換の本質の概略をすでに諸君に語ったからである。私はただ、私の考察を要約し、以て今日の本題に移るために、次のことを言って置きたい。それは、三十年前には人はまだ、物事を歴史的な見地から観察することが出来た、ということである。即ちその頃の人達は、その頃の現在に、過去に起った出来事のかなりはっきりした連続や発展を見て取ることを皆考えていた。その頃の人達の精神には連続性があった。人は文書や、追想や、歴史の著述に、現在の模範や、類型や、前例を容易く発見した。それはその頃の一般的な事実であって、工業界に於ける幾らかの新しさを除けば、それ以外の文化の各要素を過去と一致せしめることはさ程《ほど》難しいことではなかった。しかし我々が生活して来たこの三、四十年というものは、凡ての領域に於て、余りに多くの新事実が誘入せられたのである。余りに多くの驚異や、創造や、破壊や、又余りに多くの急激な、そして重要な発展が、到来して、無慈悲に、この知的な伝統、即ち今言った連続性を、中断してしまったのである。そして完全に新しく、思い掛けなかった問題が、日毎に多く、政治とか、芸術とか、科学とかの、あらゆる文化の部門に於て提出せられている。人間行動のあらゆる領域に於て、凡てが混乱に陥っている。人間は、今まで如何なる人間も考えたことのなかった数多くの問題の襲撃を蒙っている、しかも彼が哲学者であろうとなかろうと、又学者であろうとなかろうと。言わば、誰でもが驚愕の念に打たれている。今や、人間は凡て二つの時代に生きているのである。

過去に於ては、有史以来の、或は少くとも、非常に古くからある疑問や課題に対する解答や解決以外には、新しさというものが殆どなかった。併し我々の時代の特徴的な新しさは、解決よりもそれを要する問題そのものの性質が、未聞のものである、という点に存する。新しさは解答に存せず、問題を構成する諸与件に存するのである。

我々の精神を支配している一般的に無力で蕪雑《ぶざつ》な印象はそこから来るのである。そしてこの感じが我々の精神に影響して、精神をこの我々には馴れることも出来ず、その終局を予見することも出来ない、不安な状態に置いているのである。一方に於ては、忘れられもせず、消滅してもいない過去が存在し、我々はただその過去から、我々を現在に於て指導し又、我々に未来を想見せしめる、何物をも抽出できないのである。又他方に於ては、未来で、それは全く無定形なものなのである。斯くして我々はその日その日を、知的或は物質的な発明や偶然に左右せられて生きている。

近来の出来事が最も有能な人間の予測を常に迅速に裏切ってしまうことは、まだ数ヵ月もたっていない古新聞を読めば解る。ここで有能な人間は近代に於ては、誤算する人間であるのみならず、完全に誤算する人間であることを、敢て附加える必要があるのだろうか。それに就て私は、アメリカで結成せられた彼の頭脳のトラストが、議論する他には何等なすことなく、数週間のうちに解散してしまったことを思い出さずにはいられない。

我々が世界の到る所に見るものは、あらゆる部門に於ける、慌しい企てや、実験や、試みや、実践や、摸索である。

ロシアと、独逸《ドイツ》と、アメリカと、イタリイは、曽つてなかった広汎な実験が行われている、巨大な研究所である。そこでは新しい人間、又新しい経済学や、風俗や、生活や、新しい宗教さえもの、形成が試みられている。そして又、科学とか芸術とか、あらゆる人間活動の領域に就ても、同じことが言える。

しかし斯くの如き、一方に於ては実に痛ましく、又他方に於ては極めて刺戟的な事態が現状である時、人間の知性そのものが問題となって来る。知性とその限界、その保存、及びその将来が問題となり、それは、知性にとって現在最も重要なものに思われるのである。

*

事実、私が曽つて語った混乱、及び今日論じている種々の苦難は、明白に、世界を変換するに至った極度の知的発展の結果に他ならないのである。思想と知識との資本主義と、人間の精神の労働主義とが現在の危機の原因となっている。即ち我々は、我々の時代に於ける政治的な、及び経済的な諸現象の根柢に、――思想や、研究や、推理や、その他種々の知的な仕事を容易く発見するのである。その一例として、日本に衛生学の知識が移入せられた結果、この帝国の人口は三十五年のうちに、倍加したのである！……少しばかりの概念が三十五年のうちに、それだけの尨大《ぼうだい》な政治的圧力を生ぜしめたのである。

斯くして、精神は物質的に強力な諸方法をふんだんに、恰《あたか》も盲目的に熱狂せるが如く、創造して行き、それは広汎な、世界的な事件を続出せしめたのである。そしてそれによる人間の世界の変換は、予定せられた秩序や計画に従ってではなしに、それから殊に、適応したり進化したりすることの遅い自然というものを考慮することなしに、自然の原始的な限界を無視して、世界に課せられたものなのである。言わば、**我々が知っていること凡て、即ち我々に可能であること凡て**が、遂に、**我々が我々であること**と、全く対立するに至ったのである。

そこで我々は次の問題に逢着する。即ちそれは、斯くの如く異常に変換せられ、又、かくの如く軽率に、強圧を用いて覆された世界が、何時か合理的に処理され、迅速に、人間の生存に適した平衡状態に戻り得るか、というよりも、それに達し得るか、という問題である。それは別の言い方をすれば、精神は精神が我々を導き入れた状態から、我々を救うことが出来るか、ということである。（そしてこの場合、**合理的**という言葉と、**迅速に**という言葉とが、結局同義語であることに注意して頂きたい。それは何故なら、平衡状態が宿命的に再現することは確実であるからで、羅馬《ローマ》帝国の瓦解の後にも平衡状態は回復されたが、それには数百年掛かったのである。その場合は事実によって、それが回復されたのであるが、私が問題としているのは精神が端的に行為することにより、何年かのうちに、ある平衡状態を合理的に、即ち迅速に、回復し得るかどうか、ということなのである。）

＊

故に、私の提出した問題を要約すれば、人間の精神は、人間の精神がなしたことに打勝てるかどうか、ということになる。それは又、人間の知性に於て、それが先ず世界を救い、次に自己をも救うことが出来るだろうか、ということでもある。故に私が問題としていることは、要するに、精神の現在の価値と、それの将来の価値と想定せられるものとの点検なのであるが、——この問題を私は解決しようというのではない。私はこの問題を解決しようなどと思ってはいない。又私はその性質を、完全に、明瞭に、簡単に諸君に表明出来るとも考えてはいない。それは私がこの問題に接すれば接する程、より深くその複雑さを感じるからである。併し、簡単の正反対である性質のものを簡単にしようとせず、説明するのがその役目であって、それ自身は極めて曖味なものを説明しようとせずに、私は少くとも、この問題そのものの印象を諸君に与えたいと思う。そしてそれには、現代生活、即ち現代に於ける大多数の人間の生活が、如何なる具合に彼等の精神に作用し、それを感化し、刺戟し、或は疲れさせるかを、描写すれば足りることと信ずる。そこで私は言うのだが、現代生活の精神に及ぼす作用は、知的部門に於ける価値の保存が非常な危険に面していることを、正当に推察せしめる性質のものなのである。

事実、精神の作業を支配する諸条件は、それ以外のあらゆる人間的な諸事物と同様の運命を辿っている、というのは、現代生活の過激さや、慌しさや、諸交換が行われる速度の一般的な促進や、又、外的な事件の支離滅裂や、その取り留めのない絢爛さは、他のあらゆるものに対すると同じく、精神の諸条件にも作用しているのである。私は敢て言うが、私は今日の知的生産や消費の大体の傾向に見える（或は私が見えると信ずる）、ある種の衰弱や頽廃の兆候に脅威を感ずる余り、人類の未来に対して絶望を抱くことさえもある！　私は時々、人間の知性、及び人間を動物から区別する凡てのものが何時かは衰退し、人類は知らず識らず本能的な状態に復帰し、猿の軽佻さや無意味さに堕落する、と想像することがあるのを、言訳しようとすると同時に、告白する。人類は、現代の世界に於ける一般の野望や、趣味や、風俗が、色々な点で現している、或は既にその到来を恐れしめている、無関心と、不注意と、不安定とによって、少しずつ侵蝕せられてゆくのを私は想像する。そして私は（併し余りそれを信ぜずに）、次のように考える。

——思想を表現している限りに於ての人類の歴史は、或は一種の危機の結果に過ぎないのかも知れない。それは一つの、間違った方向への発達であり、自然界に時々見られる、俄《にわか》に出来して俄に消え失せる唐突な変調に比べらるべきものである。太古の生物には不安定な種族があって、それ等は巨大な、強力な、複雑を極めた怪物であり、永続きはしなかった。それと同じように、我々の開化は或は一つの錯誤、肥大症、即ちその種類の無理な発展であって、それが生じてから尽きるまでには十万年か二十万年位あれば十分であるのかも知れない、と。

これは確かに、誇張された考えであって、私がそれをここで言うのは、ただ、そういう大ざっぱな描写によって、諸君に、我々が知性の将来に対して抱き得る懸念の凡てを、感じせしめたいからである。併しそういう危惧を論理づけて主張するのは余りに容易いことである。私が諸君に危険の真の因子を明示するために、精神の地平線上に現れている幾つかの黒点を指摘すれば、それで十分なのである。

＊

先ず、人が誤って知性と対照をなすように考え、実はその真の動力となっている、かの本質的な機能、即ち感覚、の吟味から始めることにしよう。若し現代人の感覚が、彼の生活の現在の諸条件によって著しく害されてい、若しまたそれが未来に於て、益々苛烈に扱われることが予想せられるならば、我々は、それから来る感覚の変化によって、知性も亦深く傷けられると考えることが出来る。併しこの感覚の変化は如何にして起るだろうか。

現代の世界は自然力の益々有効な、益々徹底した開発に専念している。そして現代は単に自然力を、人間の生活の恒久的な諸需要に応ずるために研究し、消費するのみならず、それを浪費する挙句、色々の新しい（そして今までは思いも寄らなかった）需要を、それ等の斬新な需要を満す方法から出発して、創造するのである。恰も、我が文明の生産面は、先ずある物質を創製し、次に、その性能に従って、それが直す病気とか、それが癒す渇とか、それが消す苦痛とかを発明するが如きなのである。即ち金儲けの目的の下に、我々には種々の好みや欲望が植えつけられ、それ等は我々の生理的な生命に深く根ざしているのではなく、我々に故《ことさ》らに蒙らされた心理的、或は感覚的な刺戟から生じたものなのである。斯くして現代人は浪費することに陶酔している。例えばそれは速力の浪費であり、照明の浪費であり、強壮剤、麻酔剤、興奮剤の浪費である。……又それは印象の頻繁さの濫用であり、多様さの濫用、反響の濫用、簡易さの濫用、驚異の濫用、又、莫大な効果が子供の指一本で得られるように仕掛けてある、種々の驚嘆すべき起動装置の濫用である。凡て現代に於ける人間の生活は、これ等の濫用から切離せないものとなっている。我々の肉体は次第に、力学、化学、物理学の益々新しい作用に曝され、肉体はそのようにして蒙る衝撃や律動に対して、大体、緩慢な中毒に於けるのと同じような反応を呈する。そして毒に段々馴れてゆき、軈《やが》てはそれを必要とするようになって、毒の服量は日々不足するということになるのである。

ロンサールの時代には、眼は蠟燭《ろうそく》一本で満足していた、——或は油に浸した一本の灯心で。そしてその頃の学者は夜好んで仕事をしたが、彼等はゆらめく貧弱な明りで、難なく読みもし(しかも、凡そ判読し難い書物を!)、又、著作もしたのだった。併し今日人間の眼は、二十燭《しょく》、五十燭、百燭の光明を必要とする。また耳はオーケストラの全音量を要求し、過度の不協和音をも許容し、貨物自動車の轟きとか、機械の叫喚や、犇《ひし》めきや、唸り声に馴れて、それ等の雑音が音楽会で演奏されることをさえ望むのである。

しかも我々の核心をなすとも言える感覚、即ち持続の意識に他ならない所の、欲望とその対象との間の距離の感覚は、別に言えば時間の観念は、往時は馬の走る速さで満足していたが、今日では急行の速力もそれにとっては遅く感じられ、電報が着くまでにはじれったい程の時間が掛かるのである。最後に、事件というものさえもが、今日では一種の食物として要求せられ、その味付けがまだ足りないのを始終喞《かこ》たれている。例えば朝起きて、世界に何か大きな不幸が起ったのではないと、我々は一種の空虚を感じて、「今日の新聞には何もない、」と言う。それは我々が現場で捕えられたことである、我々のうち一人として毒されていないものはない。故に私は次のように言うことが出来る、即ち我々の状態には、急速度と、又物の大きさとによる陶酔があると同時に、一種の、エネルギーによる陶酔が認められる、と。

今日の子供にとって、船は如何に巨大であっても足りず、又、自動車や飛行機は、如何に速くなってもまだ足りない。そして、量的な大きさが絶対的な優越性を意味するという観念、この、明瞭に粗雑な、単純な観念は（少くとも、それが明瞭であることを私は望むのだが）、現代の人間が持っている最も特徴的な観念の一つである。それから、例えば急速度というものへの偏執が、如何なる具合に精神の諸性能に影響するかを考えて見れば、我々の周囲に、又我々自身の裡に、前述の、急速度による陶酔に伴う危険が如何にあるかを発見するのは、容易いことなのである。

今から四十年程前に、私は自由な土地の消失、即ち土地の、組織された諸国家による完全な分割、誰にも属さない土地の消滅、を世界に於ける劃期的な現象として指摘した。併し、この政治的な現象と並行して、我々は自由な時間の消失をも認めなければならない。即ち自由な時間や空間は最早人の記憶にしか残っていないのである。私の言う自由な時間とは、普通人が言う意味に於ての閑暇のことではない。外見的な閑暇はなお存在し、それは種々の法律や、時間を労働によって克服する必要を省略するのが目的である機械的な諸手段の完成によって、自己を擁護し、自己を一般化さえしてゆくのである。一例として、労働時間は法律によって割当てられ、計算せられている。併し私が言いたいのは、時間的な閑暇とは全く別である内的な閑暇は、失われつつあるということなのだ。そして我々が失いつつあるこの、存在の深奥の箇所に於ける本質的な平和状態、この貴重な不在とも言うべきものによって、生命の最も微妙な諸要素が相互を刷新し、振作《しんさく》するのであり、その間に於て存在は何等かの形で、自己を過去と未来とから解放し、現在の意識や、未遂の義務や、待ち構えている予想から離脱するのである。……そこには何等の気遣いもなく、明日もなく、内的な圧迫もない。そしてそこにあるのは、一種の不在に於ける安息、精神がその本来の自由を取戻す快い休暇である。その時精神は精神自身に就てしか考えない。そして実際的な認識に対しての義務を解かれ、周囲の事物のために思慮することを免ぜられる。精神が結晶体の如く純粋な形象を産するのはその時である。所が、現代に於ける我々の生活の刻薄《こくはく》さや、切迫や、慌しさは、この貴重な安息を攪乱し、或は破壊しつつある。諸君自身の裡、又諸君の周囲を見て見給え！　不眠症の進行は著しいものであって、他のあらゆる発達と完全に歩調を合せている。世界に、最早人工的な睡眠しか可能でない者が何と多いことだろう、彼等は虚無の状態に陥るために有機化学工業の精妙な援助を必要とするのである！　他日或は、多少共楽器的な分子の新結合が、我々に、今日我々の生活に於て自然には益々得難くなっている瞑想の状態を供給してくれるかも知れない。何時か、薬局方が我々に深淵を与えるだろう。併し現在では、疲労と精神的な混乱とに堪え切れない我々は、術なく、遥かタヒティの島の素朴と懶惰《らんだ》との楽天地に、我々が嘗つて経験したことのない緩慢な、無定形な生活に憧憬を感じるのである。原始的な人間は、細かに分たれた時間の必要を知らないのである。

*

昔の人々にとって、分とか秒とかいう時間の区分は存在しなかった。スティヴンソンやゴオギャンのような芸術家は欧洲を去って、時計のない島に住みに行った。電話も、郵便も、プラトンを悩すことはなく、ヴァージルは汽車の時間に間に合うので急いだりしなかった。デカルトはアムステルダムの波止場で、何時までも夢想に耽っていることが出来た。併し今日我々の行動は時間の正確な小区分によって規定せられている。既に、一秒の二十分の一という時間さえ、ある種類の操作に於ては、忽《ゆるが》せに出来ないものとなっている。

確かに、人間の体というものは、見事な柔軟さを持っている。そしてそれは、益々苛酷に扱われるのに今まで抵抗して来たが、それは併し、何時までもそういう抑制や酷使に堪えられるものなのだろうか。しかも、それだけではない。我々は名状すべからざることを怺《こら》えさせられ、我々の感覚は、そういう体験を是非なく、自力で処理する他はないのである。……即ち我々の感覚は、周知の如き騒音や、堪え難い悪臭や、法外に強く、又極度に対照的な照明に曝されているのである。我々の肉体は間断のない刺戟に戦《おのの》いていて、それが感覚したり、行為したりするためには、どぎつい興奮剤や、恐しく強い飲物や、短時間の獣的な感情が必要となっている。

私はそういう事実から、人間の感覚が現代にあっては廃頽しつつあることを推論する。即ち我々が何かを感じるために、昔よりも更に強い刺戟、又更に大きなエネルギーの消費を必要とするということは、我々の感覚の繊細さが、一時は洗煉せられて行った時代があった後、今や衰えようとしているということの証左である。今日の文明人の感官が必要とするエネルギーの量を、正確に測って見るとしたら、私はそれによって、彼等の感覚の識域が上昇していること、即ち感覚が以前よりも鈍くなっていることが判明すると信ずる。

この、感覚の衰弱は、事物の外観の醜さや野蛮さに対する、一般的な無関心が増加しつつあることにも、現れている。

＊

わが国の博物館は、芸術に就ての啓蒙を目的として施設せられ、学校では、一種の美学教育が課程に入っている。併しそういうことは、単に上辺だけの対策にすぎず、それは抽象的な学識を普及せしめるに止まり、何等積極的な効果を収めるものではない。凡てそれ等は、能動的な深さを伴わぬ知識を供給するにすぎないのであって、その証拠に、我々はわが国の街道や、広場や、大通りが、眼と精神とを共に辟易せしめる種類の記念碑によって汚されるのを黙許しているし、又、同じ事情から、わが国の都会は少しの秩序もなく発展し、官立の建物も、個人のものも、形の観念が要求する最小限度と条件をさえ無視して、建てられてゆくのである。

併しこの問題は倫理の領域にも触れている。即ち建築や眺望の按排に見られるこの頃の頽廃は、大部分、統制への偏執が嵩じた結果であり、それは又、責任を持つということに対する愛好心が衰弱していることの一徴候なのである。

この、建築や市街の按排ということは、予《あらかじ》め十分に計画された、意識的な行為である他はない。即ちそれは芸術的行為なのである。故にそれは、審議会とか、委員会とか、それ等が如何に人選の妥当なものであっても、そういう、何等かの形式によって組織せられた団体の、合議の結果であってはならない。というのは、この場合建築するとは、眼が抱いたある望みを実現することであって、その望みを精神が、素材に即して行為することにより、少しずつはっきりさせ探索し、その遂行に近づけて行くのである。所がそれに反して、行為を行為の統制に従属せしめ、何事に対するにも疑《ぎ》懼《く》と評議とを以てする所に、我々の時代の懦弱《だじゃく》さが現れているのである。

それに就ては後に述べることにする。

そして今度は、我々の研究の対象となっている事柄の中でも、重要なものの一つ、或は最も重要なものに就て、考えて見ることにしよう。

知性の未来の総ては、我々の精神が受ける教育、というよりも、それが受けるあらゆる種類の教訓、の如何に懸っている。ここで言う教育とか教訓とかいう言葉の意味は、狭義に解さるべきものではない。人は普通それらの言葉を用いる時、親や教師による子供、青年の組織的な養育のことを考える。併し、我々の生活全体が一種の教育であることを忘れてはならない。それは、学校や家庭に於けるよりも更に組織立った、或は、そのように組織し得るものではなく、その反対に、本質的に乱雑な教育であって、我々が生活そのものから受ける種々の印象や、生活から獲得した良いこと、悪いことの、総和から成るものである。例えば学校だけが青年を教育するのではない。彼等の環境や、時代は、彼等の教育者よりも更に大きな影響を彼等に及ぼすのであり、街頭の生活とか、人の話とか、見世物や、附合いや、世間一般の風潮とか、相次ぐ流行は(そして私は、着物や風俗に於ける流行だけではなく、言葉の領域に於ける流行のことも考えているのである)、彼等青年の精神に、絶えず強力に作用しているのである。

併し最初に、組織的な教育、即ち学校で概括的に施される教育に、我々の注意を向けよう。そこで私は先ず次のことを諸君に指摘したい、そして、我々の時代の最も顕著な一性格が、そういう前提を必要とすると私は信ずるのである。即ちそれは、我々は最早、人間の生活が世界の文化的区域の総和に於て採る、種々の異った形式を考慮することなしには、人間の生活に関する如何なる問題も論じることは出来ない、ということである。如何なることに就ても我々の時代は、我々がそれに処するのに、以前よりも視野を広くすることを必要ならしめている。即ち、何か一つの人間的な問題を研究するのにも、我々は最早、我々の考察を一つの国に於ける諸与件に限ることは出来ないのであって、更に、隣接の諸国、又時には非常に離れた国々の情況をも斟酌しなければならないのである。それ程、人間的な諸関係は数多く、又緊密になり、種々の出来事は迅速に、時には意想外の、反響を喚び起すので、ある限られた区域に於ける諸現象に就て研究するだけでは、その同じ区域に於ける生活の諸条件や、そこに於ける生活が含む種々の可能性を、それ等がそこに限られたものであるにしても、知悉することは出来なくなっている。即ち現代に於ては、凡ての知識は必然的に、比較研究的なものなのである。

そこで、未来の欧洲人、即ち今日の子供や青年は、相互に非常に異った集団に分たれている。これ等の集団は近い将来に於て互に総体的に対峙するのであって、その時それらの集団は相互に、競争や結託や敵対の関係に置かれるのである。故に我々は、わが国の子供が如何に教育され、他国に於てはそれが如何なる具合に行われているかを、比較研究し、そういう教育の相違から生ずべき結果に就て考えて見なければならない。私はそれに就て深くは言わないことにする。併し私は、世界の大国の中の幾つかに於ては、数年来その青少年の全部が、本質的に政治的な性格を有する教育を受けているということを、諸君に指摘したい。それ等の国々に於ける学校教育の課程や紀律は、**政治第一**ということを原則としているのである。そしてその課程や紀律は青少年の精神を均一に形成するのが目的であって、それらを貫くものは、文化に対する配慮ではなく、非常に明確な政治的、及び社会的な意図なのである。故に、学校生活に関する以上は如何なる小さなことも、そこで得る習慣も、遊戯も、読書に提供せられる書物も、凡ては学生をある確定した社会組織と、同様に確定した国家的、社会的な企劃に適応した人間となるようにするための、手段となっている。そして精神の自由は国家の観念に断然従属せしめられ、その観念は、国によって趣意は異るにしても、それが劃一性を要求するという点に於ては、何れも全く同じであると言える。**国家がその国家の国民を製造するのである。**

故にわが国の青年は早晩、彼等とは反対に、均一に教育され、訓練された、言わば**国家化した青年の集団**を相手とすることとなるだろう。即ちこの種類の近代的な国家は、その教育制度に於て如何なる不一致をも許さず、教育は幼少の時から始って、何時かはそれから脱し得るということがなく、教程終了後は軍隊的な組織によって国民の訓練が続けられ、完成されるのである。

これ以上私には言えないし、また私は言うことを望まない。それで私は、私にここで重要に思われる質問を発するに留めて置くが、それへは、未来のみが解答し得るのである。

——こういう事情は文化の価値に如何なる影響を及ぼすだろうか？　精神の、研究の、それから殊に、感情の自律性はどうなるのだろうか？　知性の自由はどうなるのだろうか？

＊

それは措くとして、今度は我々の眼をフランスに転じ、わが国に於ける教育制度について考えて見るとしよう。

私はその制度、或は寧ろ、制度の代りとなっているもの（何故なら、わが国に教育制度があるかどうか、或はわが国にあるものが**制度**と呼び得るものなのかどうかは、疑問であるからなのだが）ともあれ、わが国に於ける教育が、現代の混乱と一般的な不安を免れてはいないことを、認めずにはいられない。と言うよりも、わが国の教育は現代の混乱状態、その極度に混乱した、支離滅裂な状態をあまりに忠実に反映しているので、我々現代人の精神状態を模写するのには、わが国の教育計画やその目的について観察するだけで十分であるし、そこには又、あらゆる価値に関する我々の懐疑や逡巡が特徴とするところの凡てを、発見することが出来るのである。そういうわが国の教育は、前述の国々に於けるが如く、ある明確な政治思想によって支配されているのではない。そして政治を加味しているだけであって、それは、政治によって支配されているのとは非常に異ったことであるし、又、わが国の教育が政治を加味しているのも、極く不規則な、軽率な具合になるのである。よって人はそれが自由であると言い得るが、それは我々が自由であるのと同様にであって、我々の自由は絶えずそれの超過に対する恐れによって制せられ、また次の瞬間、その反対の超過に対する恐れから活潑になっているのである。我々はこれから現れようとする勢力の前触れに接して安心するや否や、もうその予告せられた出現に対して警戒しているのである。

それで教育の方でもそういう不安を自己流に現している。教育の欲することは伝統と進歩との二つによって分たれている。そして教育は時には果敢に前進し、それまでの文学的、及び科学的な伝統を清算した計画をたてるのだが、又時には、古典文学と呼ばれるものに対する尤もな懸念が、教育をその方に引戻し、そこで再び、死したるものと生きているものとの間の際限のない論争が開始せられ、しかも、その論争に於て必ずしも生きているものが勝つとは決っていないのである。私はそういう論争や二者選一に於て、本質的なことが決して問題にされないことに気附かずにはいられない。勿論、教育の問題が非常に難しいものであることは私も承知している。即ち一方に於ては益々量が多くなって行く知識があり、又一方に於ては、そういうことの善し悪しは別問題として、我々が本質的に優秀なものと看做すのみならず、わが国の特徴を成すものと考えている、ある幾つかの性質に対する配慮があって、この二つを調和させることは容易ではないのである。しかし若し人が教育の対象そのもの、即ち、それを一人の大人にするのが問題となっている子供に就て考え、その子供が如何なる人間になることを人は欲するのかをはっきりさせるとすれば、問題は一変して、遥かに有意義なものになると私は思うのである。そしてその結果、あらゆる教程や教育方法はこの、子供を大人に成育するのが目的であるという想念と、その変換が持つべき性質とに逐一照合され、その点から批判されることとなるのが予想される。例えば次のように考えて見るとする。——

問題は、この（任意の）子供に、彼が大人となって独立して生活し、これから生きて行かなければならない現代の世界に彼が生き、そこにある有益な要素、即ち無害で、しかも一般の繁栄に貢献し得る要素を齎すのに、必要なだけの、幾つかの概念を与えることである。又彼は成長して、文化のあらゆる収穫を享受し、それを増加し、要するに、他人に最小限度の負担を課し、最大限度を貢献する、そういう人間にならなければならない。……

私はこの方式が決定的なものであるとも、完全なものであるとも言わないし、又少しもそれを満足なものに思ってはいない。併し私は、教育に関して如何なることを制定するのにも、先ずこの種類の問題に対する自分の態度を決することが、最も重要であると言っているのである。何よりも青年に、彼等が他の人間と交際する上で知らなければならぬ幾つかの根本的な約束と、彼等が以て、漸次に彼等の能力を発達せしめ、或は又、社会に於て彼等の弱点を補うのに用いるべき諸概念とを、教えて遣ることが必要なのは明白である。所が、我々が実状を検するとき、そして若し教育に方法というものがあり得るならば（それが慣例と、大胆な見越しや実験との組合せ以外にあるとしたら）、我々は現在用いられている教育の諸方法が、基本的であると信ぜられるこの予めの考慮を全く無視しているのに気がついて驚くのである。そして教育者の主な関心は子供に、**古典的**と称せられる伝統と、子供に現代に於ける人間の知識や活動の巨大な発展の手解きをして遣りたい尤もな欲望とによって、分たれた教養を与えることに存するようである。ある時はその一つの方の傾向が優勢になり、時には他の方のが優勢になる。しかし教育者の間に絶えず行われている論争に於て、次の本質的な課題、即ち、

――我々は何を欲し、又、何を欲すべきか？

ということが問題にされたことは一度もない。

それは何故ならば、この問題がある決意を必要とするからである。即ちそれに処するのには、**我々の時代の人間**というものを想定しなければならず、彼が生きて行くべき環境に於て、この**人間の観念**を先ず設定しなければならないからである。そしてこの人間の観念は、厳密な観察の結果であることが必要であって、それは当事者の感情や好みから生じたものであってはならない、――殊に、彼等の政治的な希望によってそれが影響されてはならない。何故なら、教育に於ける党派的な政治の干与《かんよ》ほど有害で、見掛け倒しなものはないのである。しかしながら教育の問題で、不幸にも誰も異

議を申立てないことが一つある。即ちそれはわが国に於ける教育は卒業証書をその真の目的としている、ということである。

私は躊躇せずに、卒業証書が文化の最大の敵であることを主張する。人間の生活に於て卒業証書が重要になればなる程（そして経済的な事情から、卒業証書の重要さは増すばかりである）教育の効果は少くなってゆく。そういう統制が強化され、増加するだけ、その結果はなお悪くなるのである。

そういう統制は一般人の精神、ならびに、精神そのものに悪い影響を及ぼすし、又それは根拠のない希望や、ありもしない権利の幻影を人に抱かせる。それは人に種々の欺瞞や方便を考えつかせ、設けられた門を潜るために、背後からの運動とか打算的な準備とかの、あらゆる手段を用いさせる。そういうことは、知識人及び市民としての生活への出発として、実に奇妙な、そして忌むべきことであると言わなければならない。

それのみならず、単に経験の上から言っても、私は一般に管理というものが齎す結果を見る時、それが、如何なる領域に於ても、行為を歪曲し、行為を毒しているのを認める。……既に言ったことだが、ある行為が管理に従属せしめられれば、その時から行為者の内奥の目的は行為そのものではなくなり、彼は先ず管理を予想し、管理の諸手段への対応策を考えるのである。学業の管理はこの一般的な考察の一つの場合であり、その顕著な実例なのである。

＊

わが国に於ける卒業試験の基準は大学入学試験《バッカロオレア》〔註。フランスでは一般に、大学入学試験に及第することが高等教育の終了を意味し、多くはその後直ちに実生活に入る。〕である。そしてこの試験があるためにわが学校教育は、ある全く確定した計画に従って行われることとなったのであって、その教育が目的とする試験は、試験者にとっても、又受験者やその教授にとっても、何よりも時間と労働との完全に無益な、根本的な消失を意味するものなのである。即ち、一旦卒業証書という、ある確定した教育の基準が制定されれば、それに対応して、その証書をあらゆる手段を講じて獲得するのを唯一の目的とする、卒業試験の諸規定と同様に明確に限定された準備機構が、たちまち組織されるのである。そこで教育の目的は最早、精神の形成ということではなく、卒業証書の獲得ということであるから、それに要する最小限度の努力が学校における授業の目標となる。最早羅典語《ラテン》とか、希臘語《ギリシア》とか、或は又幾何とかを習うのが目的ではないのである。問題は、卒業試験に及第するのに必要なだけのことを借用する、それを習得するのではなくて、借用することなのである。

それだけではない。卒業証書は社会に対しては一種の保証の幻影の如きものであり、その所持者に対してはある種の権利の幻影の如きものを与える。卒業証書の所持者は識者であることを公認され、彼はこの全く瞬間的に、便宜的に得た知識の証明を一生携帯しているのである。又一方に於てはこの、法律の名に於て卒業証書を授与された人間は、社会が彼に対して何等かの義務を持っているように思い込ませられる。即ち、これほど国家に対しても、個人に対しても（それから殊に、文化にとって）、有害な制度はないのである。例えばこの卒業証書ということのために学校で原典を読むことが廃り、その代りに概略や、摘要書や、科学知識の乱暴な要約や、出来合いの問題集や、抄本や、その他の害物が用いられるようになったのである。そしてその結果として、この不純な教養の中には最早、成育しつつある精神の生活に適合し、それを助長する何物もないのである。

私はこの厭うべき教育制度の各要素を細部に亙って検討しようとは思わない。私は単に、精神がその最も敏感な部分に於てまでも、この制度によって如何に脅され、傷けられているかを、諸君に示すことに留めて置きたいと思う。

希臘語と羅典語の問題は措くとしよう、これ等の国語が教育史上に閲《けみ》した変遷は滑稽極まるものである。即ちそれは、当事者を支配する思潮の如何によって、これ等の国語のうちの何れかが、時間割の上で増されたり、減らされたりしているだけのことなのである。しかも何という希臘語、又何という羅典語だろう！　所謂「古典」科の争いというのは、教養の幻影と幻影との争いに過ぎないのである。我々はこれ等の、不幸にも二重に死なされた国語を教育者がどういうことに用いているかを見る時、一種の奇怪な偽造という印象を受ける。即ち教育者の対象となっているものはある国語でも、ある文学でもなく、曽つては生きた人間が使っていたとは思われない死語なのである。そしてそれを学ぶ振りをしている大多数のものにとっては、それはただ試験の難しさを構成する、一群の風変りな規約に過ぎないのである。勿論、今日の羅典語や希臘語は百年以前のものとは相当異っている。古代は我々にとって、ロランの頃（十八世紀）に於けるのとは全然別なものを意味しているし、又古代彫刻の傑作は百年来、ベルヴェデレのアポロでもなければ、ラオコオンでもない。そして人は最早耶蘇会々員《ジェズイット》〔註。以前フランスに於て普通教育は多くジェズイットの手によって行われていた。〕が教えていたような羅典語も知らないし、言語学博士の羅典語も知らない。この頃の人が知っているのは、或は知っている振りをしているのは、大学入学試験に於ける羅典文仏訳をその最終的な、決定的な目的とする、一種の羅典語なのである。そして私としては、そういうことよりも、現存しない国語を一般の試験科目から除外して、その研究を全く独立した選科にする方がましであると考える。曽つて生きていたことなどはないような死語の消化し難い断片を、凡ての学生に無理強いに呑下《のみくだ》させるのよりも、寧ろ少数の学生に、なるたけ堅実な古典の知識を与えるべきである。……私は例えば、千人の旅行者のうちで一人位が、汽車の中で、探偵小説的な読物を凡て蔑視し、ポケットからツキヂデスとかヴァージルとかの袖珍本を取出すのを見る時、その時初めて古典教育というものを信ずるだろう。

＊

ではフランス語の教育はどうだろうか。この点に関しては、私が諸君にある重大な事実を指摘すれば、それで十分なのである。即ちそれは、世界の中で全然フランス語を習うことが出来ない国は、フランスだけだということである。例えば東京でも、ハンブルクでも、メルボーンでも、そこで諸君の国語の正しい発音を教えているということはあり得るのである。所が、フランスを一周して見給え、というのは、その発音を巡歴して見給え、諸君はバベルの塔に遭遇するだろう。それは別に驚くべきことではない、何故なら、フランス語が自然に正しく発音されるのは、その発生地に於てだけだからである。併し驚くべきことは、――教育者は驚いていないようだが、――フランスの如く統一ということを非常に愛好する国に於て、それらの種々異ったフランス語の発音、マルセイユや、ピカルディーや、リヨンや、リムウサンや、コルシカや、チュートン系統の発音が、フランス人がどの地方に行っても自分の国の言葉を聞けるように、改革され、訂正されていないことである。

それに対しては字の綴り方が大部分の責任を負うべきである。試みにわが国の地方を一巡して見よう。我々はフランス語の母音の発音が、大体に於て、地方によって異っているのを発見する。所がそれに反して、言葉の**形**、即ち、どういう具合にか、**子音**によって構成され、素描されている、言葉の音の上での形というものは、どの地方に於ても厳密に、余りにも厳密に、この罪な字の綴り方によって形成されているのである。例えば、言葉を書く上では余分に入れてある字で、話すときには正しくは無視さるべきものが、悉く、非常に強く発音されている。即ち sontueux《ソンテュウウ》 とか donter《ドンテエ》 とか言うべきなのを、……som*p*tueux《ソンプテュウウ》、dom*p*ter《ドンプテエ》 と発音するし、……南方フランスの私の故郷では、*La valeur nzattend pas le nombre des an-nees*《アン・ネエ》、と言っても、少しも可笑しくはないのである。

わが国語の字綴りを徹底的に糾弾するのは他日に譲るとする。我々の字の綴り方がおよそ滑稽な代物であることは周知の事実であって、それは、訳の解らぬ処断によって人工的に定着された語原学上の誤りの乱暴な集成なのである。この問題は措くとしよう（併しながら、字の綴り方の複雑さが、わが国の言葉を他の国の言葉に対して、非常に不利な位置に置いていることを見逃す訳には行かない。例えばイタリイ語は完全に発音通りに書くことが出来るが、音が豊富なフランス語には、*f* の発音の書き方が二通り、*k* の発音の書き方が四通り、*z* のが二通りあるのである）。

＊

私は話す上での言葉の問題に戻る。諸君はわが国の文学、ことにわが国の詩が、言葉の教育の無視ということによって害されていないように思っていられるのだろうか。

たとえば詩人の場合、彼が真の詩人、即ち言葉の音がその意味と同様に（同様にである）重要になっている人間であれば、彼は詩の韻律的形式や、肉声や音色の価値を彼の最善を尽して考究するのであるが、その後で彼はこの、詩という全く特異な音楽が、前述の種々の発言の何れかによって唱せられ、というよりも、滅茶苦茶にされるのを、聞かなければならないのである。そしてたとえ発言が正しくても、学校で教えられている種類の朗読法は全くの犯罪である。どこかの学校で、ラシイヌやラ・フォンテーヌが朗読されるのを聞きに行って見給え。生徒は宛然吃っているような読み方を教えられているし、彼等には又、韻律とか、頭韻とか、類音とかの、音の上での詩の実質を形成しているものの観念が全然与えられていないのである。教育者達はそういう、詩の実質を成すものを何かつまらないことに考えているらしい。しかも彼等は試験の受験者に、詩と詩人とに関するある種類の知識を要求しているのである。それは何という奇妙な知識だろう！　そういう全然抽象的な知識を（そしてそれは詩というものと直接には何の関係も持たないものなのだ）、詩そのものの感覚に代用するとは可笑しなことではないか。それは、わが国語の最も矛盾している部分、即ちその字綴りを尊重して、しかもその発音の、即ち生きた言葉としての国語の、最も野蛮な歪曲を黙許していることなのである。ここでも、他の多くの場合に於けると同様に、容易い統制の方法を設けることが真の目的であるように思われる、何故なら、ある章句の書き方が規定の字綴りに適っているかどうかを検することと程容易いことはないからであって、そのために詩に対する真の知識、即ち詩の感覚が犠牲にされているのである。かくて字の綴り方を知っているということが教養の標準となり、音楽的な感覚、というのは、言葉の韻律や輪廓に対する知識は、学校の教程に於ても、試験に於ても、全然問題にされなくなっているのである。……

*

併し人間の教育は幼年と青年の時代に限られているものではなく、それを受けるのは学校に於てのみではない。我々の環境は我々が生きている間、我々を教育するのであり、それは苛酷なのと同時に危険な教育者なのである。それが苛酷であるというのは、生活に於て犯した過失は学校に於てよりも、重大な結果を持つものだからであって、それが危険な教育者であるというのは、我々の環境や、周囲の人々が我々に及ぼす影響を、それが善いものであっても、悪いものであっても、我々は殆ど意識していないからである。我々は各瞬間に何物かを教えられている、併しそういう直接な教訓は、我々に一般には意識されていない。我々の大部分は、我々に起ったあらゆる事件によって出来ているのであるが、それ等の、我々の裡に堆積し、結合する、様々な事件の影響を、我々は知らずに蒙っているのである。私はこの種類の、偶然な教訓が我々を如何に変更してゆくかを、ここで少しく検討して見たいと思う。

私はそういう、各瞬間の偶然な教訓には、二種類あるのを認める。その一つは善い教訓、或は少くとも、善い教訓になり得るものであって、それは、**事物から来るもの**、即ち、我々に課せられた種々の経験、我々が直接に観察したり、体験したりする、事実の教訓である。そしてそういう場合の我々の観察が直接なものであればある程、我々は、我々の印象を直ちに極り文句や、出来合いの公式によって置換することなしに、事物や事件や人間を、更に直接に認識するのであって、それだけ又我々の認識は価値を増すのである。それを敷衍して言えば、——そしてこれは決して逆説ではない、——直覚的な認識というものは、それを言葉で表現することが困難である程、価値のあるものなのである。それは我々をして、言語による表現に窮させるだけ、言語の諸機能を開拓することを我々に強要する。

我々は我々の裡に、模倣によって得た出来合いの公式や、名称や、言い方を、一通り取揃えていて、それ等は我々が自分自身で思惟する労を省き、我々はそれらを以て、様々な問題の正当な解決のように考えている。

我々は多くの場合、我々の受けた印象に対して我々自身の言葉ではないもので反応している。その種類の思想は、——或は我々が思想と看做しているものは、——単なる反射作用に過ぎない。故に我々は、我々自身を真に受けることに就て、注意しなければならないのである。即ち我々の頭に浮んで来る言葉は、多くの場合我々の言葉ではないということを、私は言いたいのである。

*

ではその言葉は何処から来るのだろうか？　ここに於て、私が言った第二の種類の教訓が問題となって来る。それは、我々自身の直接の経験から来るのではなしに、本や、他人の言葉が我々に与える種類の教訓なのである。

諸君は現代が、如何に饒舌な時代であるかを御存知のことと思うが、或はそれに就てまだ十分には考えていられないかも知れない。現代の都会は巨大な文字で蔽われている。そして夜の空は火の言葉でまたたき、朝になれば無数の印刷された紙片が通行人や、旅行者や、まだ寝床にいる懶者《なまけもの》の手に渡されるのである。しかも部屋で釦《ボタン》を一つ押せば世界中の声を聞くことが出来るし、時には我々の師達の声が聞けることもある。本と来ては、現代ほど多くの本が出版されたことはなく、現代ほど人が多く本を読んだことはない、というよりも、多く飛び読みしたことはない！

この稀有な濫費からどういう結果が生ずるだろうか？

その結果は、既に描写した種類のものと同じなのである。ただこの場合は、我々の言葉の感覚が獣化し、鈍くされ、低劣化しているのである。……言葉が磨り減らされてしまったのである。

形容詞の低落はその証拠である。広告のための誇張は、最も強い形容詞をさえも無価値にしてしまったのである。賞讃するのにも、悪口を言うのにも、言葉の欠乏が感じられる。現代に於ては人を讃美したり、誹謗したりするのにも、色々思案して表現しなければならないのである！

それに、出版物の頻発やその量、印刷されたり、伝播されたりする事物の奔流は、人々の判断や印象を絶間なく蒐集し、それ等を混合し、練り合せ、その結果我々の脳髄を、そこでは何物も永続きせず、何物も支配力を持たない、真実に灰色の物質に変じているのである。そしてそのために我々は、新しさが単調であり、驚異や極端さが退屈を齎すという、凡そ奇妙なことを経験しているのである。

我々はこれ等の事柄から何を結論すべきだろうか？

そういう、今日の事態に対する我々の認識が如何に不十分なものであるにせよ、私はそれが我々に、今日まで我々が考えて来た知性というものの未来に就て、深刻な不安を抱かせるのに足りるものであると信ずる。我々は知性というものの一つの規範と、知的価値を判定する種々の標準を有しているが、それ等は、——有史以来とは言わないにしても、——非常に古くからあるにせよ、或は永遠のものではないのである。

例えば、精神的作業を協同的に行い得るということは、まだ我々には殆ど想像のつかないことである。我々は、科学の中でも最高級のものの発展、及び芸術的生産のためには、個人というものが本質的に必要であると考えている。そして私自身も亦この意見を堅持するものであるが、私はそこに私自身の感情を認め、又私は、自分の感情というものを妄信すべきではないことを知っている。即ち私は、あることを強く感じれば感じる程、そこに私の個性を見出すのであって、私は、未来の方向を私の個性の裡に読取ろうとするのは無理であると考えるのである。故に私は、現代が我々に持掛けている種々の難問に就て意見を述べようとは思わない。私は今日我々の精神が未曽有の試練を受けていることを感じている。

我々がそれを基本として生きていた凡ての概念は覆された。科学が真先に混乱している。時間や空間や物質の概念に火がつき、諸範疇は溶け始めている。

政治の原理や経済の法則に就ては、それ等を今日、メフィストフェレス自身が彼の魔鬼の宴会で踊らせているようなのを、諸君は既に十分に承知していられる。

最後に、個人と国家との関係という、最も難しい、最も争われている問題がある。国家とは、益々精密に、必然に、的確になってゆく一つの組織であって、それは個人の自由や、仕事や、時間や、労力の、要するに個人の生活の、必要と認める部分を徴収するものなのであるが、これは個人に、……何を与えるためなのであろうか？　個人に、個人に残されたものを享受し、それを更に開拓する方便を供するためだろうか？……これは容易く解決出来る問題ではない。ただ現在では国家が優勢を占めていて、その勢力は徐々に、個人の全部分に及ぼされてゆくようである。併し個人とは同時に、精神の自由である。所が現代生活の影響は、この自由を（その最も高級な意味に於ては)、ないのも同様にしていることを私は既に説明した。我々は教唆され、脅迫され、麻酔させられて、今日我々の文明を引裂いているあらゆる矛盾、あらゆる不協和音の餌食となっている。即ち国家がそれを完全に同化してしまう前に、個人は侵略されているのである。

私は結論することを避けると言ったが、一種の助言によってこの講演を終ろうと思う。

現代を特徴づけていること凡ての中で、一つ私が好感を持っていることがある。それはスポーツである。……私の言うのは、流行や模倣の結果としてのスポーツではなく、又、新聞で余りにも持噺されている種類のものでもない。私が愛するものはスポーツの観念であって、それを私は精神の領域に移して見るのである。この観念は、我々がもって生れた性能のいずれかを、最大限度に発達せしめることをその目的としていて、しかも我々に備っている凡ての性能の間に、ある平衡が保たれていることをも要求するものなのである、何故なら、人間を不具にするスポーツは悪いスポーツだからなのだ。又、スポーツの練習が真剣に行われている場合、それは必ず幾多の試練と、時には堪え難い欠乏と、一定の衛生と、結果に正確に現れる緊張と忍耐とを、要するものなのである。——一言にして言えば、スポーツとは、人間の諸性能の分析と、その組織的な刺戟とを基礎として、人間をある典型に向って発達せしめて行く、正真正銘の行為の倫理学なのである。よって我々は一見逆説的に、スポーツとは反射作用の組織的な教育であると定義することが出来る。

併し精神も、精神ではありながら、同じような方法によって処理することが出来る。即ち我々の精神の作用は、無意識の所産と意識の干渉とによって、非常に不規則に構成されている一つの連続であると言える。我々は精神的には、変換の連続なのであって、ただその変換の中では意識的なものが、無意識のものよりも複雑なのである。我々はときには夢を見ていて、ときには醒めている、それが我々の精神生活の概括的な証明である。所で、人間の能力によるあらゆる実質的な進歩は、この二種類の精神状態を利用することによって得られたものであり、それは同時に、意識の発達、即ち意志的な、内的な行為力の発達によってなのである。即ち文明人が野蛮人と異った考え方をするのは、文明人に於ては、意識的な反応が無意識の所産に対して優勢を占めていることに由来する。確かに後者、即ち無意識の所産は、我々の思想にとってなくてはならない素材であり、それは屢々非常に貴重なものなのであるが、その価値の如何は結局我々の意識に依存するのである。

故に知性のスポーツは、我々の内的な行為の助長と統制ということに存する。丁度ピアノやヴァイオリンの名匠が、自己を研究することによって自己の諸衝動の意識を人為的に発達させ、それらの衝動を明確に把持し、よって一段高級な自由を獲得するに至るのと同じように、我々もまた知性の領域に於て、ある思想の技法を獲得し、一種の心理上の統制を確立しなければならない。……それに諸君が成功されることを私は祈るのである。

地中海の感興

一九三三年十一月二十四日になされたる講演

私は今日諸君に打明け話をしようと思う、私は諸君に、私自身について話そうと思う。しかし私はこれから、誰でも言わずとも知っている種類の秘密を諸君に打明けようというのではない。私はただ、成育期における私の生活、あるいは私の感覚と、子供の時から私の眼前にあり、それ以来私の精神から消え去ることのない地中海との関係について、語ろうと思うのである。すなわち私が言おうとすることは、幾つかの個人的な印象と、幾つかの、あるいは普遍的であるかも知れない思想とに限られているのである。

＊

私は私の存在の始まりから始めることにする。

私が生れたのはある湾の奥に所在する中位の港町で、海岸線から飛出ている一塊りの岩が、町の背後に丘を成している。その丘は島であるべきなのだが、二本の砂洲が、

――その砂は、潮流がローヌ河の河口から絶えず西の方に持っていくアルプス山脈の岩の粉末なのである、――二本の砂洲が、その丘をラングドックの海岸に結びつけている。ゆえに丘は、一つの広大な池と、海との間に立っているのであって、南フランス運河〔地中海と大西洋とを連絡するもの〕はその池を起点、――あるいは終点、――としているのである。そして丘の下の港は、船渠《せんきょ》や、池と海とをつなぐ数多の運河によってできているのである。

そこが私の出生地であって、それについて私は、生れるならばそういう場所で生れたいと思っている場所で、私が生れたという、単純な感想を述べておく。私は、海や人間の活動から、私の生涯の最初の印象を受けるような場所で生れたことを嬉しく思っている。すなわち港を見下している露台からの眺めほど、私の愛する景色はないのである。出来ることなら私は、かの傑《すぐ》れた海の画家、ジョゼフ・ヴェルネが**海港の種々の労作**と呼んでいるものを眺めて生涯を過すだろう。眼はこの恵まれた展望台から沖に陶酔し、海の単純さを把握し、それと同時にまた、人間の生活や、人間が交易し、建築し、操作するのも、そこからは間近に見えている。眼は随時に自然を眺めることができて、それは本来の、永遠に原始的な自然であり、人間はそれに対して作用することを得ず、それはまた明かに、宇宙的な諸勢力に絶えず曝されているのである。そしてそういう自然の眺めは、地上の最初の人間が見たものと全く同じなのであるが、眼差しが陸地に転ぜられる時、そこには先ず、海岸を際限なく形作ってゆく、不規則な、時間の仕事と、次の人間の相互間の作業が発見される。そしてそれ等の累積した建築物に用いられている幾何学的な諸形式、直線や、平面や、曲線は、自然の諸形式の混沌や曲折と対照を成し、人間の意志的な、言わば反逆的な所産である望楼や、尖塔や、灯台は、顚落や崩壊の相貌を呈している地質学的な自然に、自然の傾向の逆をゆく建設的な意志を以て対抗しているのである。

かくして眼は同時に人間的なるものと非人間的なるものとを見渡すことができる。そしてそれこそ、かの偉大なるクロード・ロランが感じ、かつ見事に表現したことなのであって、彼は地中海の港の均斉のとれた絢爛さを、最も崇高な格調を以て描いている。それがジェノアであっても、マルセイユ、ナポリであっても、港は彼の画面において神化され、そこで背景となっている建築や、陸地の相貌や、水の布置は、唯一人の人物が活動し、歌い、時には死するために、登場する、芝居の舞台のごときものを構成していて、その人物は**光線**に他ならないのである。

＊

私が言った丘の中腹に私の学校があった。私はそこで、rosa、薔薇、というようなことを別に苦労しないで覚え、四年の時、そこを去らなければならなくなったのを残念に思った。その学校は生徒の数が非常に少いことが、我々生徒の自尊心にとっては好都合なことだった。例えば、私の級には四人しかいなかったので、少しも努力をしないでも、私は単に蓋然率が然らしむる所によって、四度に一度は一番になった。高等科三年のものは更に幸福で、二人しかいなかった。それでそのうちの一人は、必然的に、一番になり、もう一人の方は二番になった。それ以外のことはあり得なかった訳である。しかし、均衡を保つために、学業上二番になったものには論文の一等賞が与えられ、一番になったものには（言うまでもないことだが）二等賞が与えられた。万事そのようだった。……二人は等しく、桂冠や天金の本を抱えて、賞品授与式の高座から、楽隊の吹奏に迎えられておりてきた……。

コルネーユは、危険なくして栄光はないと言っているが、

A vaincre sans péril, on triomphe sans gloire !
（危険なくして博する勝利は栄光なきものなり。）

なのだそうだが、それは間違いであるし、それはまた子供臭い間違いなのである。栄光は努力の結果ではない。努力は大概の場合人目を惹くことがなく、栄光とは単に舞台装置の如何によるものなのである。

＊

この学校には実際、多大の魅力があった。その校庭は、町と海とを見降している三つの高さの異った露台に分たれていて、初等科、中等科、高等科と、級が上になるほど、広い眺望が得られた。それは人生におけると必ずしも同じであるとは言えないことだ。そして、海と陸との生活の境界線にあたる箇所では、毎日何事かが起るのであるから、我々の遊び時間には見物する事が多かった。

ある日我々は校庭から、港の郵船や貨物船が普通立てるのよりは、遥かに濃い、大きな煙りが空に昇るのを見た。それで正午の鐘が鳴って、朝の授業が終るや否や、寄宿生以外のものは全部一塊りになって、大騒ぎして波止場に駆けつけた。そこでは群集が数時間前から、一隻の相当大きな帆船が、すでに船渠から曳出され、他所から少し距った埠頭に放棄されて、燃えているのを眺めていた。焔は突然檣楼《しょうろう》にまで達し、船艙で荒れ狂う火によって下から焼き立てられた帆柱は、薙《な》ぎ払われ、奪い去られたように、綱具と共にたちまち倒潰し、夥しく火の粉が飛び、鈍い、気味の悪い騒音が、風に伝わって我々のいる所まで響いてきた。その日、午後の授業に出席しなかった生徒が多かったことは言うまでもない。夕方には、このかつては立派であった三本柱の帆船は黒がかった、まだ外形は損じられていない船体だけとなり、その船体はしかし坩堝《るつぼ》のように、灼熱した物質に満され、暗くなるのにつれて火の色がますます顕著になっていった。そしてこの焔の塊りは漸《ようや》く沖まで曳船に引いてゆかれ、そこで沈められたのだった。

また時には我々は校庭から、艦隊が毎年、海岸から一海里の点に来て碇泊するのを見張っていることがあった。当時の装甲艦、リシュリュー号やコルベール号や、トリダン号は、異様な恰好をした軍艦で、艦首は鋤《すき》の先の形をし、艦尾は鉄板のスカートを着けていて、軍艦旗の下には、我々一同の羨望の的である提督専用の眺望台があった。それは醜いのと同時に厳めしい軍艦で、まだ相当の檣《ほばしら》を有し、その両舷には昔風に、全乗組員の行嚢《こうのう》が連ねられていた。艦隊から陸に派遣される短艇は、見事に手入れされ、飾られ、武装されたものであった。それらの短艇は水の上を飛ぶようにしてゆき、完全に揃って動く十二本か十六本の櫂《かい》は、五秒毎に日光に閃めき、きらきらする飛沫《しぶき》を飛ばすので、短艇には翼があって、それが輝いているようだった。短艇の船尾には国旗と、青くて縁だけが赤い敷物の片隅とが水まで垂れ、敷物の上には黒い服に金モールをつけた将校が腰掛けていた。

そういう絢爛さは多くのものに海軍への憧憬を抱かせた。しかし唇に盃をつけるのには、すなわち学生の身分と海軍士官候補生の光栄ある職務との間には、実際上の重大な困難が存在していた。というのは、幾何の非情な図形や代数の組織的な謎や陥穽《かんせい》、それから味気ない級数や兄弟関係にある正弦や余弦が、そういう野心を断念させることが度々あった。そしてそれ等の人々は、自分自身と海との間に、自分の夢みる海軍と実際の海軍との間に、泣きついても少しも甲斐のない黒板が（ちょうど、通り抜けることが不可能な鉄の幕のように）、卸されているのを見て、絶望するのだった。そうなると、海を悲しく眺め遣り、眼と想像とだけで海を享受し、この、海に対する不幸な情熱を文学とか絵画とかに振り向ける他はなかった。そのように、ある職業につくのには、初めはその希望をさえ持っていれば足りるように思われ、いろいろな職業がその外見的な容易さで人を誘うのである。そしてある職業のあらゆる未知の困難を早くから予覚し、自分で率先してそれ等を求めるのは、その宿命を背負っているものだけであって、それは、一般的な計画や、競争によって生ずることではないのである。

これら、詩人や画家の卵である夢想家たちは、ふんだんに与えられる海の印象で満足するのだった。海は事件に富み、異常な形式や計画を生じ、それはまたヴィーナスの母であり、幾多の冒険の導因でもある。そして私の子供の頃には、海の上にはまだ歴史が生きていたと言える。私の故郷の漁船は、古代や中世の航海者が使用していた帆船と同じ型のものであって、その多くは舳《へさき》にフェニキア人の船に付いていたのと同じ種類の印をつけている。その頃私は夕方、それらの頑丈な漁船が鮪の屍体で重くなって戻ってくるのを眺めていることが、しばしばあった。そしてそういう時、私の精神はある異様な幻覚に捉われるのだった。空は澄み渡っていて、その底部はしかし薔薇色に燃え上り、天頂に近づくのにしたがってその藍色は少しずつ緑がかっているのだった。海は既に暗く、所々に閃めきや砕け波が非常に白く、東の方に、水平線の少し上に塔や城壁が見えているのが、エーグモルト市の遠景だった。漁船の群は初めのうち、その鋭く尖った長三角帆しか見えていなかった。それが陸に近づくにしたがって、漁船に巨大な鮪が積んであるのが見えるようになるのだった。それらの逞しい魚類の多くは人間ほどの大きさのものであって、それがぎらぎら輝き、血塗《ちまみ》れになっているのは、私に甲冑を着けた兵士の屍を陸に持って帰ってくるのを思わせた。そういう情景はそれ相当に雄壮なもので、私は好んでそれに「十字軍の帰還」という題を付けていた。

しかしこの気高い光景は別種類の、戦慄すべき美しさのものを出現せしめ、私はそれを諸君に描出することを、許して頂きたい。

ある朝、数百匹の鮪が取れた大漁の翌日、私は海に泳ぎにいった。私は海上の素晴しい光線に見惚れて、ある小さな突堤の上を歩いていった。そしてふと足許を見たとき、私は平穏な、明るく透き通っている水の中に、凄惨に美しい混沌が蔵されているのに気がついて身慄いした。何か、胸が悪くなるような赤い色をしたもの、微妙な薔薇色をしたのや、深い、気味の悪い紫色をした塊が、そこに横わっていた。……そして私はそれが、漁師が海に投げ込んだ昨夜の魚の臓物の全部であることを悟ったのだった。私は私の見ているものに堪えることもできず、それを避けることもできなかった。何故なら、それ等の肉塊が私に抱かせる嫌悪は、その有機的な色の混乱や、そういう浅ましい内臓の装飾的な効果が私に感じさせる疑いもない、異様な美しさと、私の裡で争っているからだった。そこからはまだ、血の混った煙や、どういう具合にか、澄んだ水の下に今まで繋がれていた淡い色の、繊弱な袋が、時々浮んできて、その間にも、非常に緩慢な浪が水の底の屠殺場の上に、きらきらする顫動《せんどう》を漂わせていた。

心が嫌悪するものを眼は愛好した。辟易と興味とに、逃避と解析とに引裂かれて、私はそういう光景を極東の芸術家、たとえば北斎のごとき才能と好奇心とを持った者が、どういう風に扱うかを考えて見ようとした。

彼はそこからどんな素晴しい浮世絵、何という珊瑚的なテーマを抽出したことだろう！　私は次に古人の詩が含んでいる酷《むごた》らしい、血腥《ちなまぐさ》い要素について考えた。ギリシアの詩人はいかなる残忍な場面を描くことをも厭わなかった。……彼等が歌う英雄たちは牛殺し同様の働き振りをした。神話も、叙事詩も、劇詩も、血に彩られている。しかし芸術は、私があの無惨な光景に接したときの、透明な水の層のようなもので、それは我々に、いかなることも眺め得る眼を与えてくれるのである。

＊

海に関する私の子供の頃の記憶には切りがない。……私には、港の波止場で私に興味を感じさせ、私を惹きつけ、私を魅了したことのすべてを諸君に語っている暇がない。例えば、石油と蒸気とによってほとんど駆逐されてしまった、由緒ある船の型の幾つかを、いちいち説明している時間が私にはないのである。たとえばあの奇妙な、東洋的に優雅な恰好をしたシェベック〔一種の三檣帆船〕であって、その舳の線は華奢に細く、非常に長い檣は触角のようで、筆で描かれたかのように張りがあり、それは、サラセン人やバーバリ人がわが国の婦女子を攫《さら》っていった頃、それらの恐ろしい訪問者が乗ってきたのと同じ型のものであるのに違いなかった。しかし私の子どもの頃のシェベックは、ただ優良な産物を運搬しているだけだった。そういう船の船体は鮮やかな黄や緑に塗ってあって（それは純粋色の凱歌だった）、甲板にはポルトガルのレモンやヴァレンシアのオレンジが、どぎつい色をした山となって積み重ねられていた。船の周りにはそういう黄や赤の果物が、甲板から落ちるか、投げ込まれるかして、穏かな緑色の水面の上に幾つも浮んでいた。

また私は、種々の匂いが複雑な陶酔を齎して、波止場の空気を一種の嗅覚的な百科辞典、あるいは交響楽にしていることについても、ここでは余り言わないで置くことにしよう。その匂いは石炭や、瀝油《タール》や、酒精や、魚のスープや、藁や、コプラから生じて、醱酵し、我々の連想の領域に浸潤して、互にそれを支配しようと争うのである……。

すなわち私は、この種類の相対的な告白において、具体的なことから抽象的なことへ、印象から思想へと、説き進めていくことを目的としているのである。――そして私は今度はさらに単純な、さらに深い、さらに完全な感覚、すなわち全肉体を以て享受する底の感覚について語りたいと思う。そういう種類の感覚を色彩や匂いに比する時、それは、ある論文の飾りや、影像や、形容詞に対する、その論文の形式や構造のごときものなのである。

かかる総体的な感覚とはいかなるものであろうか?

私は諸君に、私が水に陶酔し、それと共に光によって真実の陶酔を味わったことを告白する。

その、私にとっての唯一の遊戯は、遊戯の中で最も純粋なもの、すなわち水泳だった。私はそれについて一種の詩を作ったのだが、この作品を無意識の詩と呼んでいるのは、それが韻文を形成するに到っていないからである。それを作った時の私の意図は、泳ぎの状態を歌うのではなく、それを描写すること、——これは歌うこととは非常に異ったことなのだが、——それを描写するということに在ったので、この作品が詩的形式に触れているのは、主題そのものが、すなわち泳ぎということそれ自身がすでに、十分に詩的な状態において存在し、行為するものだからなのである。

泳ぎ

「私はこの普遍的な水というものに復帰する時、そこに私自身というものを発見し、私自身を認めるような気がする。麦や葡萄の取入れは私に少しも訴えない。「ヴァージルの農事詩に私は何物をも見出さない。

「しかし水の容積と運動との中に自己を投じ、極限を目がけて、頸筋《くびすじ》から爪先に至るまで行動し、この純粋な、深甚な物質の中で跳ね反り、神々のものと思われる海の塩気を吸引し、排出することは、私にとって恋愛に類する遊戯であり、それは、私の肉体のすべてがあらゆる身振りと働きとになる行為なのである。それはちょうど一つの手が開かれ、握られ、語り、行為するようなものなのだ。この遊戯において肉体は自己のすべてを与え、取戻し、想像し、費し、自己における可能のすべてを尽そうとする。そして肉体は海の**それ**を攪拌《かくはん》し、**それ**を把握しまた抱擁しようと欲し、生命と生命における自己の変転の自由とに熱狂する。肉体は**それ**を愛し、**それ**を占有し、**それ**とともに幾多の奇異なる想念を生ずる。私は**それ**によって、私がそうありたい人間になる。私の肉体は私の精神の直接の機関となり、しかも私の肉体は、私の精神の抱くあらゆる想念の創造者なのである。

「すべては私にとって明確になってくる。私は恋愛がいかなるものであり得るかを余す所なく理解する。現実の過剰！　愛撫することは認識することである。愛人の為すことはあらゆる作品の模範となるであろう。

「故に、泳げ！　あの、お前の方に打寄せて来る波に突入しろ！　波はお前と共に砕け、お前を顚覆させる。

「私はもう海から出られないのかと思った。海は私を打上げては、また私をその抗することのできない折目の中に巻込むのだった。私を砂の上に吐き出した巨大な波は、砂を私と一緒に翻弄した。私は砂の中に腕を突き入れても、砂が私の体と一緒に流れていくのだった。

「私がもう暫《しばら》く踠《もが》いているうちに、前のより遥かに強い波が来て、私を何かの欠片《かけら》のように、水際に抛り出した。

「私は今、風を胸一杯吸い込み、震えながら、果しのない海岸を歩いている。南西の風が波に斜めに吹きつけ、波を縮らせ、皺くちゃにし、波に鱗《うろこ》を生じさせ、それに第二の波の網を背負わせて、波はそれを水平線から、砕けて飛沫となる砂洲まで運ぶ。

「幸福な、跣足《はだし》の人間である私は、漣《さざなみ》に絶えず磨かれている鏡の上を、歩くことに陶酔して歩いていく。」

………………………………………………………………

＊

私は私の告白の調子をここで一段と高める。

以上の、港や、漁船や、魚や、匂いや、泳ぎなどということは、これから私の言おうとすることの前触れのようなものにすぎなかった。そして今私は、私の故郷の海が私の精神に及ぼした更に深い作用を、諸君に示したいと思うのである。しかしそういう事柄を語るのに当って正確を期することは極めて困難である。私は影響という言葉を好まない。それは、あることに関する不案内か、仮想かを意味する言葉であって、批評の領域において非常に大きな、また重宝な、役割を果している言葉なのである。ともあれ私は、私に認識できた事柄だけを諸君に語ろうと思う。

実際、すでに例を挙げて説明した種類の、私が勉強することを他所にして過した時間ほど、私を教育し、——あるいは構成し、——私に浸潤し、私の形成に役立ったものはない。そうして過した時間は一見空虚なものであったが、それは実際は三つか四つの、紛れもない神格を有するもの、すなわち海とか、空とか、太陽とかの崇拝に過されたのである。私は、それとは知らなかったが、原始人の言いようのない驚きや感激を経験した。そういう、私が少年の頃味わった豊富な恍惚感、そういう静観と黙考との状態は、私にはいかなる本よりも貴く、いかなる作家も我々に与えることのできないものに思われるのである。というのはその内容として、限定されている、あるいは限定することのできる思想を何も持たぬ、ある種類の観照、さらに詳しく言えば、一日の昼間を構成している純粋な諸要素への、すなわち我々の存在する圏内の最も大なる、最も単純な、最も熾烈に単純であって、最も熾烈に感覚できる物象への、ある種類の注視、また、それに慫慂《しょうよう》せられて、我々が絶えず、あらゆる事件や、存在や、表現を、――それ等と、目で見える最も広大な、最も安定したものとの関係の上で、――認識する習慣は、いかなる本よりも、いかなる詩人や哲学者よりも、強力に我々に作用し、それは我々の本然の性質の真の大きさを、我々が努力したり考えたりすることなしに感覚するように、また我々にとって最高級のものであると同時に、最も「人間的な」状態への階梯を、我々自身の裡に容易に見出すように、我々を形成し、導き、習慣づけるのである。それは我々がすべての事物並びに我々自身を測る、ある種類の尺度を有していることを意味する。すなわち、**人間は物事の尺度である**、と言ったプロタゴラスの言葉は、本質的に地中海的な性格を有するものなのである。

この言葉は一体どういうことを意味しているのだろうか？　測るとはどういうことなのだろうか？

それは、我々が測ろうとする対象を、その繰返しによって対象を尽し得る、ある一つの人間の行為の象徴を以て代表することではなかろうか？　して見れば、人間が物事の尺度であるということは、人間の諸能力の総体あるいは体系を以て、世界の多様さに対抗することである。それはまた、我々の各瞬間の多様さや、我々の刻々移りゆく印象や、また、我々の個性の、すなわち各自人生のある一部分に居所を定めさせられている、個別的な、言わば専門化した、我々自身というものの特殊さに対してさえも、ちょうどある法則がその個別的な場合を包含し、我々における有能の意識が、我々に可能なあらゆる行為を含有しているように、我々自身を要約し、支配し、包括する、ある**自我**を対立せしめることなのである。

我々は我々の裡にこの普遍的な自我を感じるのであるが、それは我々の特殊的な個性、すなわち無数の条件や無数の偶然の交叉によって得られた我々の個性では決してない。我々においてはどれほど多くのことが籤引で我々に与えられたように思われることだろうか！……　しかし我々は我々の裡に、**その経験に価する状態に在る時**、この普遍的な**自我**を感じるのであって、それには名がなく、歴史がなく、それにとっては我々の客観的な生活、我々が享け、操縦し、経験している生活は、この不変の自我が採択し得た無数の生活のうちの一つにすぎないものなのである。

私はお詫びを言わなければならない。私は図に乗って喋ったようである。……しかし諸君は私の言ったことが「哲学」であると思ってはいけない。私は哲学者である光栄を有さない……。

＊

私が図に乗って喋ったのは、海を眺めるということは可能なるものを眺めることだからである。……しかしながら、可能なるものを眺めることは、それが哲学ではないにしろ、それは確かに哲学の萌芽、すなわち発生の状態における哲学である。

人間の哲学的な思想というものはいかにして生れたのだろうか？　私としては、この問いを発してそれに応答しようとするや否や、私の精神は直ちに私に、どこか素晴しく明るい海の辺りを連想させるのである。そこには、最も普遍的な思想、また最も包括的な問題を生ずる精神状態にとってなくてはならぬ、すべての要素（あるいは栄養素）、すべての感覚的な材料が集っている、例えば光とか、広さとか、閑暇や、韻律や、透明さや、深さや。……かくのごとき場所において精神は、それらの自然の諸条件が呈する相貌やそれらの調和に、正しく認識が有するあらゆる性質や属性、すなわち明確さとか、深さとか、広汎さとか、均斉とかを、経験し、発見するのである。……そのとき精神の眼に映るものは、精神が本質的に所有し、あるいは欲求するものなのである。かくして海を眺めている精神には、特殊的な事物の獲得によって満足させられるいかなる欲望よりも、さらに広汎な欲望が起ってくる。

かくして精神は普遍的な思想へと、言わば誘い入れられ、入門せしめられるのである。諸君は私がここで何か微妙なことを言っているのだと思ってはいけない。我々の抽象作用がすべて、特殊な、個人的な経験から起ったものであることは周知の事実である。最も抽象的な思想を構成する言葉も、我々が、それ等を用いて哲学的に思惟するために、最も簡単な、最も通俗的な用語の中から引出して、変造したものなのである。諸君は、我々が「世界」という言葉を抽出した元のラテン語の言葉が、単に「飾り」ということを意味しているに過ぎないことを知っていられるだろうか？　諸君は少くとも、**仮説**（hypothèse）とか、**実質**（substance）とか、**霊魂**（âme）とか、**精神**（esprit）とか、**想念**（idée）とか、あるいはまた**思索する**（penser）とか、**理解する**（comprendre）とかいう言葉が、**載せる**（poser）とか、**置く**（mettre）とか、**捉える**（saisir）とか、**呼吸する**（souffler）とか、**見る**（voir）とかいう、基本的な行為名称から来ていることを知っていられる。そういう簡単な言葉が、だんだんと、異常な意味や響きを持たされるようになったのであるか、あるいはまた、漸次に、それ等の言葉がほとんど際限のない自由さで、組合せられるようになるまで、それをさまたげるあらゆる要素を失っていったのである。ものを考えるという観念には、ものの重さを計るという観念がすでに残っていないし、精神とか霊魂とかいう言葉は最早、呼吸作用の意味を少しも持っていない。そして言語の歴史が教えてくれる、そういうような抽象的な観念の創造と同じ種類の現象が、我々の個人的な経験においても認められるのであって、言語の場合におけると同じ過程により、――先刻私が、昼間を構成する純粋な諸要素と呼んだ――空とか、海とか、太陽とかは、瞑想を好む精神に、無限とか、深遠とか、認識とか、宇宙とかの観念を暗示し、あるいは培養したのであり、それらの観念は常に、形而上学的なあるいは物理学的な、人間の考究の対象となっているものなのである。すなわち私はそういう観念が、あり余る光や、広さや、流動性という、非常に単純な事実に由来するものと考えるのである。そういう自然物が、威厳とか、万能とか、ときには、何か崇高な存在の気紛れ、あるいは神の怒り、また常に平和と光明との復活によって静まる風水の混乱、等の印象を、不断に精神に与え、そこから哲学の普遍的な諸観念が生じたのである。

私は今太陽と言った。しかし諸君は太陽を直視したことがあるだろうか。それは止した方がいいことである。まだ英雄的な気分を持っていた頃、私はそれをやって、一時、盲になったのかと思った。しかし諸君は太陽の直接の重要さについて考えられたことがあるだろうか。私はここで、天体物理学における太陽、あるいは天文学者の太陽、あるいはまた、地上の生活にとってなくてはならない原動力である太陽のことを言っているのではない。私が言っているのは、**最高の自然現象たる、感覚的な太陽、**およびそれが我々の思想の形成に及ぼす影響のことなのである。我々はこの煌々たる天体が齎した諸結果について少しも考えない。……この恒星は原始時代の人間にどういう印象を与えただろうか。我々の眼に見えるすべてのものは太陽によって**構成**されているのである。そしてこの場合構成とは、眼に見えるすべてのものを支配するある秩序とその秩序の緩慢な変換とを意味するのであって、その変換が我々の一日の眺めのすべてなのである。すなわち、影の克服者たる太陽、また、ものの一部分であると同時に契機である太陽、というのは、天球の眩しい一部分であると同時に、それを常に支配している契機である太陽は、人類の最初の思惟に、超越的な力と単一な主宰者との典型を示したのに違いないのである。のみならず、この無比な物体、この、堪え難い光の中に己を匿している物体は、科学の根本的な諸概念の生成においても、同じく自明な、重要な役割を演じている。例えばそれが落す影の観察は、投影幾何学と称する幾何学の一部門にその最初の材料を提供したのに違いない。常に曇っている空の下では、そういうことに気がついた筈はなく、また、人が時間を計ることができるようになったのも、やはり太陽を利用してなのである。この原始時代における人間の収穫の一つは、初めは一本の針の影が移動することを規準としたのであって、物理学で用いられている器具の中でピラミッドや方尖塔ほど古く、かつ由緒のあるものはないのである。それら巨大な晷針《きしん》の用をなす石碑は、宗教的であると同時に科学的な、また社会的な性格を有していたのである。

かくのごとく太陽は、ある超越的な万能の観念、並びに自然における普遍的な秩序と統一の観念を精神に与えるものなのである。

かくして、澄み渡った空や、明るく、くっきりした水平線や、優雅な海岸線は、人間が生活し、文化が発達するための、一般的な条件であるのみならず、それらはまた人間に作用して、思想そのものとほとんど異らない、特殊な、知的な感覚を刺戟する要素なのである。

＊

ここにおいて私は、私の言ったことすべてを要約し、それを支配する思想、また私にとって、私が地中海の体験と呼ぶものの結論となっている思想に達するのである。それを説明するのには、私はある一つの、相当に普及された概念を、さらに明確にしさえすればいいのであるが、その概念というのは、地中海が、その特殊な地理的な諸条件によって、欧洲的な精神の形成、あるいは、全世界を変換するに至った欧洲というものおよびその精神、という意味においての、歴史的な欧洲の形成に演じた役割、あるいはそれに及ぼした作用、に関するものなのである。

欧洲人を他の人種から、また現代を古代から、短かな間にかくまで異らしめてしまった、驚くべき心理的な、技術的な変換は、地中海の自然が有する性格、およびそれから生ずる種々の余沢や、それが決定し、あるいは強制した、種々の関係に原因しているのである。例えば諸方法の精密化とか、精神の諸能力を意識的に使用することによる、諸現象の必然性の研究とかにおいて、最初に確乎たる進歩を遂げたのは地中海の人間であり、また同じ人々によって人類は、我々が現在閲《けみ》している驚異的な冒険に引入れられたのであって、それがいかなる具合に発展するのかは誰も予見することができず、その冒険の最も顕著な、――あるいは最も懸念される、――特徴は、それが人類をして、人類の初期の、あるいは自然な、生活の諸条件からますます遠ざからしめていくことなのである。

この、全人類に蒙らされた変換において、地中海が演じた重大な役割は、(あることを説明することができるという範囲内において)幾つかの簡単な事実によって説明できるのである。

この海は程よい狭さのものであって、陸伝いに、あるいは、海岸を少しも離れることのない航海によって、その周囲のある一点から他の一点に、長くて数日のうちに行き着けるのである。

三つの大陸、すなわち三つの非常に異った世界がこの巨大な鹹湖《かんこ》に接している。そしてその東部には島が多く、またこの海には潮の満干がほとんどなく、あるにしても、考慮する必要のないほどのものなのである。空が長く曇っていることがないのも、航海にとって好都合な条件である。

最後に、この閉された、ある意味では人間の原始的な能力にちょうど適している海は、温暖な地帯に完全に入っていて、海として世界で最も有利な位置を占めているのである。

この海の沿岸で多くの、たがいに非常な相違のある民族が、それだけ多くの、相異った気質や、感覚や、知的能力が、相互に触れ合った。これらの民族は、すでに言ったような交通の便を利用して、たがいにあらゆる種類の関係を保ち、戦争し、貿易し、それを好むと好まざると、物品や、知識や、種々の方法の交換を行い、その結果としてまた、自他の種族や、言葉や、神話や、伝統を混淆した。そしてそういう多くの、人種的な要素とか、風俗とか、言語とか、宗旨とか、法制とか、政体とかの、共存、あるいは対立は、常に地中海の沿岸に無比の活気を生ぜしめる原因となっていた。競争ということが（そして競争は現代の最も顕著な性格の一つである）、地中海の世界では早くから、非常な激しさを示すに至っていた。それは商業上の競争であり、宗教上の、また種々の影響の上での競争であった。世界のいかなる地域においても、地中海におけるほど多くの異った条件や要素が、一箇所に集中せられたことはなく、地中海におけるほど豊富な文物が創造され、また幾度も更新されたことはない。

ところで、欧洲文明の本質的な要素は、ことごとく、以上のごとき諸条件の産物なのである。ということは、そういう地方的な諸与件が、世界的な意義と価値とを有する（歴然とした）結果を齎すに至ったのである。

特に注意すべきは、人間の人格というものの建設、および、人間を最も完全に、あるいは最も完璧に発達せしめるという理想の生成は、我が地中海の沿岸において企図され、あるいは実現されたということである。事物の尺度としての人間、政治的な要素としての、市民としての人間、法律によって限定された、法律上の実体としての人間、また、神の前に平等であるとせられ、そういう永遠の見地から観照せられた人間、これらは、ほとんど全く地中海的な創造物なのであって、それらが齎した広汎な結果について今さら何も言う必要はないのである。

＊

自然科学の法則にせよ、民事関係の法律にせよ、法そのものの典型は地中海人の精神によって限定せられたのである。また意識的に洗煉され、統制された言葉の力というものは、世界のどこよりも地中海の沿岸において、最も完全な、最も有益な発達を遂げたのである。すなわちそれは論理に従属するものとなり、抽象的な真実の発見に用いられ、幾何学の世界や、正義を保証する諸関係の世界を構築し、それはまた、議場の支配者として、政治上最も重要な武器に、すなわち権力を獲得し、あるいは保存する、公認の手段となったのである。

数世紀のうちに、この海の沿岸に住する幾つかの民族が、人間の知的な発明として最も貴重なもの、また、中には、最も純粋なものを産するに至ったことは、真に驚嘆に価する現象である。地中海の沿岸で、科学は初めて経験論と反復との領域を脱し、芸術はその象徴的な根元を拭い去り、文学は明確に類別され、哲学は、宇宙並びに自分自身を、あらゆる可能な角度から考察することとなったのである。

かかる狭隘な地域において、またこれほどの短い間に、このように人間の精神が醱酵し、これほどの富が産せられたということは、地中海を措いては世界のどこにも、未だかつてなかったことなのである。

レオナルドと哲学者達——レオ・フェレロへの手紙

附記。之はレオ・フェレロの最初の著作の序文として書かれたものなのであるが、私はこの論文を玆《ここ》に再録するに当って、彼のことを知らない人達の為に、文学がこの作家の夭折によって、如何に大きな損失を蒙らされたかに就て数言を費さずにはいられない。自動車の事故が、彼が遠方を旅行中、彼の貴重な生命を奪ったのである。私は彼Xにおけるが如き早熟な、敏活な、聡明な、多感な頭脳の所有者に稀にしか接したことがない。イタリイ人に於ては、本質的な深さが快活であり、機敏であるということも決して相容れないものではなく、レオに於てはこれ等の精神的な諸美徳が、そしてそれ等は相反する性質のものであるというよりも、ある種類の民族の場合稀にしか共存することがないのであるが、レオに於てはこれ等の美徳が同様に発達しているのだった。彼は我国の言葉を熟知し、我国の作家の作品や、我々のものの感じ方に対して完全な理解を有していた。巴里《パリ》は彼を我子として迎えたのだが、不幸にも彼はアメリカを旅行することを思い立ち、そこで彼は、「この、他人にしか起ることのない事件」と丁度彼がそれに就て書いたばかりの死に遭遇したのだった。……

君はレオナルド・ダ・ヴィンチの名に託して、君の文学者としての生涯の当初に於て純粋美学に対する関心を示し、それに就ての瞑想を行っている。多くの哲学はこれによって終り、又それによって破滅さえするのである。して見れば、君の斯《かか》る行為ほど勇敢な、又気高いものはない。

この、美を殆ど説明し、美から我々が高級な感動を受けるのを証明することを目的として、永遠に継続される探究に於ける幾つかの最も微妙な箇所を、君は驚くべき正確さと繊細さとを以て検討した。

併し私に、君の著書を世間に紹介することを頼むというのは、勇敢を通り越して、少しく軽率に堕することである。

勿論私は、色々な機会に、又あらゆる方面で、この種類の問題に遭遇し、それに就て相当長い間考えもした。併し私が行った考察は、どれもこれも、その出発点である元の問題に送り返され、私が認めた曙光は凡て、平行した鏡の間で散り散りになった。即ち自然と作品との、見る歓びと為す歓びとの相互関係は無限にあるのであって、それは我々に、解析の対象を忽ちのうちに見失わせてしまう。そして、凡て存在するものを再組織し、あらゆる事物の象徴を自己の秘められた根元の周囲に按排しようと、絶えず努力し、配慮している知性は、この美学の領域に於て憔悴し、絶望する。というのは、美学の領域に於ては、解答が質疑に先立ち、気紛れが法則を生じ、象徴を事物として扱ったり、事物を象徴として扱ったりすることが出来、そういう自由さによって、一種の説明の付かない厳密さに到達することも出来るのである。

美学に於ける私の立場がそのように不確実なものであるにも拘らず、君は私に、君の弁証法を世間の人々に説明することを所望している。私は彼等に美に関する思索というものに対して私が持っている、不明確な観念をしか語れないであろう。

美学は人間にとって一つの、抗することが出来ないとさえ言っていい、大きな魅惑である。芸術に対して敏感であるものは、殆ど誰でも、芸術を感じるということだけで満足しているものではない。彼等は彼等の感興を追究する欲望に打克てないのである。世界、或は作品が呈するある相貌に、不思議に心を惹かれ、然もこの偶然の、或は精巧に布置せられ

哲学者とは要するに、一種の、普遍性の専門家なのである。即ち哲学者というものの性格は一種の矛盾によって表現されるものなのである。

のみならず、この「普遍性」は哲学者によって、その言語上の形式に於てしか扱われない。

この二つの事実に基いて、哲学

た歓喜の理由を求めずにいることが、我々に出来るだろうか。この歓喜は一方に於ては、知性とは関係のないもののように思われ、——然もそれは或は、知性の真の根元及び規準であるのかも知れず、——それは他方に於ては、我々の通常の感覚とは全然異っているように思われ、——然もそれは、そういう通常の感覚の多様さや深さを要約し、それ等を神々しくするものなのである。

哲学者達がこの一群の奇異な感情を彼等の思索の対象としないで置く訳がなかった。それに彼等がこの種類のことに彼等の注意を向け、その原因や、機構や、意義や、本質を探究するのに就ては、既に記したような単純な動機よりも、更に組織立った理由が彼等にはあった。

即ち哲学と称する広汎な事業は、それを哲学者自

者を容易に「芸術家」達の仲間に入れることが出来る。併しこの芸術家は自分が芸術家であることを認めたくないのである。——哲学の劇、或は喜劇はそこから始まる。

即ち画家達、或は詩人達は、相互に地位を争うだけであるが、哲学者達は相互に存在を争っているのである。

哲学者は或は、倫理学とか、単子論とかが、二短調の組曲よりも更に大切なものだと思っているのかも知れない。

確かに精神が提出するある種類の問題は、芸術の作品よりも更に普遍的であり、更に自然なものである。併しそれ等の問題が単純ではないことを保証することは出来ない。……

身の立場から見る時、それは我々が知っていること凡てを我々が知ろうと欲することに変ずる試みなのであって、この作業はある順序に従って行われ、或は少くとも、呈示され、或は又、呈示され得るものでなくてはならない。

ある哲学に於て提出される問題の順序がその哲学の性格を決定する。何故なら、哲学者の頭脳の裡には、完全に独立した、本質的に孤立した問題というものはなく、又ある筈がないからである。そこには反対に、その頭脳が蔵する、或は蔵し得る、あらゆる思想の間の、その関係が深いとか浅いとかは別としての、隠れた相互関係が、一つの本質的な感情として、恰《あたか》も不断の低音の如く存在しているのが発見される。思想と思想との間の、この深奥の関聯に対する意識が、提出される諸問題の順序を暗示し、強制する。そしてそういう問題の順序は必然的に、一つの根本問題、即ち認識の問題に哲学者を導いて行く。

所で、一旦哲学者が認識というものを、仮定するか、設定するか、立証するか、低減するかすれば、——即ち彼が論理或は直覚による強靱な思惟によって認識を高揚し、それを法外に発展せしめるか、或は又、認識を批判することによって、それを測量し、それを言わばそれ自身に節減するかすれば、——彼は次に、必ず、人間の活動の総体を説明しようと、——即ち、それが彼にとっての、理解の個人的な順序に他ならない、彼の哲学体系の裡にその総体を表現しようと、——欲するのである。そして人間の活動の総体に対する知的な認識は、その総体を表現するものではありながら、結局、その総体の一形態にすぎないものなのである。

あらゆる哲学は茲に於て危機に面する。即ち、今までは非常に純粋であり、求心的であった思想は、そして（その内容や結論が如何なるものであるにせよ）実際は、それの主体たる思想者のある性格的な、特異な態度或は着眼点の周囲に諸概念を均一に配置することを理想としている思想は、今や自分以外の諸思想の多様さや、不規則や、意外さを再び求めて、自己の秩序を以てそれ等の諸思想の外見上の混乱を整頓しようとしなければならないのである。

思想は今や、自己の単一さや至上性が来した結果として、精神の多元性やその各々の自律性を復活しなければならないのである。思想は今や、既にそれの誤りを摘発し、誤りとして論破したことの存在を合法化し無稽なことの活力や、矛盾が有する豊饒さを認めなければならない。又自分自身、それまでは自分が普遍性を根元とすると信じ、その普遍性に満されていたにも拘らず、時にはその自分さえも、生産するに於てのある人間の特異な態度、或はその人間の個人的な傾向に過ぎないという所まで、縮少されてしまうのである。そこからある叡智が始まるのであるが、そこに至って又如何なる哲学も衰退に傾くのである。

実際、他の者が存在するということは、思想家の光栄ある自己主義にとって常に気懸りなことなのである。それにしても彼には、他人の独断という一つの大きな謎に突当らずにいる事は出来ない。即ち他人の感情とか、思想とか、行為とかは、大概我々には独断的なものに思われるのである。そして我々が我々自身の感情や思想に示す信頼を、我々は、我々がそれの仲介者であると信ずるある必然によって理由付けている。併しながら、他の者は依然として存在するのであって、この謎を我々はどうにかして解かなければならない。この難題は二つの形式の下に我々に課せられる。その一つは行為や性格の相違とか、又は、凡て身体や身体の所有物を保存して行く上での、決意や態度の多様さとかによるものであり、もう一つは、好みや、表現や、感覚的な創造物の雑多さによって成立するものである。

哲学者はそれ等の実在を、彼自身の光明の裡に吸収しようとしないではいられない。彼はそれ等を、彼自身の裡の実在と同化するか、或はそれ等を、彼に所属する可能性に変じたいのである。彼は、理解するという言葉の最大限度の意味に於て、理解したいのである。そこで彼は、表現の諸価値とか感覚の創造とかの科学、――即ち倫理学と美学とを、――構築しようとするのであって、恰も彼は、抽象的であり至上である彼の自我が、情熱と、行為と、感情と、創見とを擒《とりこ》にして置く、この二つの廂廊がなければ、彼の思想の宮殿は不完全であると思っているようなのである。

斯くして、神とか、自我とか、時間とか、空間とか、物質とか、範疇とか、本質とかいうものを検討し終った時、如何なる哲学者も、次には人間と人間の作品とに注意を向ける。

よって、彼が真を発明した如く、哲学者は次には

この二つは常に、どの哲学に於ても、その弱点を成すものである。

……

私の考えでは、**凡ての哲学は形式の問題である。**即ち哲学とは、ある一個人が彼の内的な、或はそれ以外の、経験の総体に与え得る最も包括的な形式であって、――それは又、**彼が所有している種々の知識とは全然別なものなのである。**

彼がこの形式の追究に於て、個人的な、彼に最も適する表現に近付けば近付く程、彼には他の者の

行為とか作品とかが、得体の知れぬものに思われて来るのである。

レオナルドはそういう、欧洲としての特色ある欧洲を創始した人達の一人である。彼は古代人にも似ていないないし、近代人にも似ていない。

善と美とを発明した。そして彼が、個々の思想と思想そのものとを関係付ける種々の規則を発明した如く、彼は今度は行為と表現とを、人の疑いや気紛れを超越した模範や法式と一致せしめる為に、色々と規則を設定しようとした。それにはある唯一の、普遍的な原則を求めることが必要であり、その原則の性質上、それは何を措いても、あらゆる個別的な経験を超越して、限定せられ、或は指摘せられたものでなければならなかった。

この、種々の理想の登場ということは、精神の歴史に於ける一つの劃期的な事件であって、それは又特に欧洲的な性格を有するものなのである。そして人々の精神に於ける理想の衰退は、欧洲の典型的な諸美徳の衰退と時を同じうしている。

併しながら、我々が未だに純粋な科学、即ち同一

「善」と「美」とが既に時代後れなものとなっていることは明かである。

「真」はと言えば、写真術が「真」の性質や限界を明かにした。即ち諸現象の、なるたけ人間の手を経ない、現象自身による表記、それが、我々の時代に於ける「真」である。

これは否定出来ない事実である。

性を求めることによって無限に適用出来る諸性質を有する個々の事実を起点として、厳密に発展して行く科学という観念に、相当な愛着を持っているのと同じように、――我々は未だに、時とか、場所とか、民族とか、個人とかを超越した倫理と、美しさとが存在することを半ば信じている。

併しそういう整然たる体系は毎日少しずつ崩されて行く。我々は次の如き意想外の現象に今日際会している。即ちそれは、科学自身が知識というものの価値を低下せしめている、という現象なのである。と言うことの意味は、今まで科学に於て不動と看做されていた部分で、科学によって哲学と共同に（即ち知性に対する信仰と、又精神によって獲得されたことそれ自体の価値に対する信用と、共同に）有せられていた部分が、今や、認識の役割に対する新しい考え方や評価のし方によって、徐々に破壊されつつある、ということなのだ。よって知性は最早、ある精神的な極限、即ち**真**を目標として努力しているのではなくなったのである。誰でも、反省さえすれば、次の現代的な信条を自己の裡に感じることが出来る。即ちそれは、如何なる**知識**であっても、それに何か実際的な**能力**が相応しない場合は、その知識は単に慣例の、或は独断的な価値しか有さないという信条なのである。即ち最早あらゆる知識は、何か実証出来る能力の解説、或は処方としてしか価値を有さないのである。玆に於てあらゆる形而上学、又それのみならず、認識の理論さえも、それ等が如何なる種類のものであっても、**凡ての人々**によって多少とも意識的に、唯一の真の知識として**経済的な価値を与えられているものから、無慈悲に引離され、遠ざけられてしまうのである。

それと同時に、倫理学と美学とは、立法上、統計学上、歴史上、或は生理学上の問題と、——失われた夢とに、分解されるのである。

それに、我々は何の目的の下に、「美学を作る」意図を構成し、限定することが出来るのだろうか？——目的は美の科学なのだろうか？……併し現代人はまだこの美という言葉を使用しているのだろうか？ 彼等は最早冗談半分にしか、この言葉を用いないのではないだろうか？ でなければ、……それは彼等が過去を回顧している時である。即ち今や美しさは一種の死体となっている。そしてそれは新しさとか、激しさとか、異様さとか、一口に言えば、

もし美学というものが実際にあり得るとしたら、諸芸術は美学の出現によって、——というのは、——それ等の本質の出現によって、解消せられるだろう。

凡て衝撃の価値を有するものによって置換されたのである。即ち生の儘の刺戟が現代人の心を支配しているのであって、我々を観照の状態から奪い去ることが、現代に於ける作品というものの目的となっている。所がこの観照の状態、即ち静止した幸福というものの影像が、昔は美の一般的な概念と親密に結合されていたのである。即ち現代に於ては、作品は心理状態並に感覚状態の、最も不安定な、最も直接な諸形態によって、益々浸潤されて行く傾向を示している。例えば無意識とか、不合理とか、刹那的なものとかが、そしてそれ等は――その名が示す如く――精神作用によって意志せられ、支持せられている諸形式の欠乏、或は否定、に他ならないのであるが、それ等が、精神の期待する諸規範に取って代ったのである。我々は最早、「完璧さ」の欲望によっ

生活に就て「実証的に」考えることは必然的に、直接な効果の追求と、善き仕事の放棄とに導くことを認めなければならない。我々は今や後世の滅亡に立会っている。

て産せられた作品を殆ど見ることがない。――そして注意すべきは、この老廃した欲望が独特さという固定観念と、その独特さに対する尽きない渇望とによって、必然的に消失せしめられるということである。即ち、完璧なものを作るという野心はその作品が時代を超越することを意図するのと同じなのであるが、新しさに対する懸念は、作品を、それと現在の瞬間との対照に於て、注目すべき事件にしようと欲するのである。完璧さを欲することは、遺伝、模倣、或は伝統を容認し、否、必要とし、この欲望にとってそれ等は、遂にはそれに到達しようと欲するある絶対な対象への上昇の段階なのである。これに反して、新しさに対する渇望はそういう遺伝とか模倣とかを斥け、そうすることによって、それ等を更に強調する結果となることを免れない。――何故なら、異りたいというのがそういう渇望の本質だからである。

故に我々の時代に於ては、「美の定義」ということは歴史的な、或は言語学的な研究資料としてしか考えることが出来ない。その往時の充足した意味に於ては、この言葉は、既に通用しない他の多くの言葉の貨幣と共に、早晩言葉の蒐集家の引出しの中にしまわれようとしているのである。

併しながら、現に存在するある種類の問題、又これからも提出され得る問題で、明確に規定された如何なる科学にも属せしめ得ず、ある一つの特別な技術に関することでもなく、又哲学者によっても全然無視されるか、等閑にせられている問題がある。そして又それ等の問題は、その表現は曖昧であり、奇

馴れないものにとって、哲学者が特に重大視しているある種類の問題ほど不思議なものはない。——若しあるとすれば、それは同じ単純な精神が本質的に重要であると考えている幾つかの問題が、哲学に於ては全然扱われていない事である。

異であっても、常に芸術家の推敲を訪れ、そこに再現されるのである。

例えばそれは、構成に関する一般の問題であってもいい（即ち全体とその部分との間の、色々な種類の関係の問題である）。或はそれは、ある作品の各要素が一つ以上の効果を有することから生ずるものであってもいい。或はそれは装飾の諸問題であり、それ等は幾何学と物理学と形態学とに同時に関係を有し、然もその何れにも属せず、それ等は又、平衡している物体の図形と、種々の調和の図形と、諸生物の外貌と、人間が、半ばは無意識に、或は全然意識的に、一種の空虚に対する嫌悪によって、何もない空間或は時間を組織的に覆い隠そうとして産出するものとの間の、まだそれが何であるか判明しないある関係を暗示するものなのである。……

芸術家がある作品を構想する場合、その試みが彼にとって余りに複雑な、或は大きな、或は新しいものであって、彼の意図することと彼の有する諸手段とが直ぐには一致しない時、——彼は外見上普遍的なある「理論」を作るのであり、——抽象的な言語の裡に、彼自身に対して用い得る権限を求めて、それが彼に普遍的な諸条件を課するということで彼の仕事の負担を軽減するのである。

少しでも芸術家と附合って見ればこの事実が解るし、又その種類の、色々な言葉を聞かされるものなのである。……

この種類の問題は純粋な思想の対象にはならない。それ等の問題が生じて、重要になるのは、ある創造の本能が、直ちに製作に着手出来る領域以外に発展し、思弁的な、又その形式に於て哲学的な瞑想の裡に、ある具体的な創造物の構造や形式に関する何等かの決定を求める時である。斯る時芸術家は（暫く哲学者の途を辿りつつ）、彼の意図を保証し、啓発し、それに普遍性を与える諸種の原理にまで、遡ろうとするのである。併しながらそれは、思索することによって、ある作品に関する限りの結論に達することを目的としているのであるから、哲学としては不純なものなのである。即ち、真の哲学者にとっては、**在るもの**が彼の到達すべき極限であり、彼の精神がその活動や迂回の極限に於て見出すべき対象であるのに反して、芸術家は可能の世界を開拓し、在ろうとするものの動因となるのである。

哲学者の美学が芸術家の省察と最も顕著に異っている点は、その根柢の思想自身は、自分が芸術とは別なものであると信じ、自分が詩人や音楽家の思想と同じ性質のものではないように感じている事である。——そしてそれが誤りであることを私は後に指摘しよう。即ち哲学者の思想にとっては、芸術の作品は偶有のものであり、個別的な場合であり、それ等は、ある原理に盲目的に近付こうとする、一種の能動的な、不屈な感覚の産物なのであって、その原理の直接な、純粋な像或は概念は、彼即ち哲学自身が有すべきものなのである。哲学にとってはこの芸術の活動が必然的なものには思えない。何故ならその活動の究極の対象は、哲学的な思想に直属すべきものであり、それは認識の認識論、或は感覚的な世界と知的な世界とを綜合したある体系に就て考察することにより、哲学としては直接に到達すべきものであるからなのである。即ち哲学者は芸術の必然性を認めず、彼には具体的な様式とか表現の実際に於ける方法とか、価値とかの重要さを感じることが出来ない。何故なら、彼はそれ等と**概念**とを常に区別しているからである。彼は、我々が欲することと我々に可能であることとの間に、彼が偶有と考えていることと本質と考えていることとの間に、「形式」と「実質」との間に、意識と反射作用との間に、状況と意図との間に、「物質」と「精神」との間に、ある親密な、対等な、不断の交流があると考えることを欲しないのである。所が、この種類の交流に対しての習熟、その領域に於て芸術家が獲得した自由さ、又、芸術家が有する、極めて異った性質のものに共通する一種の内密な尺度、更に詳しく言えば、任意と必然との、予期していたことと予想外のこととの、又芸術家の肉体と彼に与えられた材料と彼の意志と、彼の不在ということさえもとの、不可避的な、不可分的な協力、それ等の要素の、芸術家の行為の一つ一つに於ける、**各瞬間に於ける協調**、それが芸術家に、題材や模範や方法や動機の無限の源泉としての自然に、ある**客体**を加えることを得させるものなのである。そしてこの客体は、種々の独立した条件の極度に緻密な結合によって産せられたものである故に、それを更に簡単な、更に抽象的な思想に還元することは出来ない。即ち、ある「宇宙」を**要約するように、ある詩を要約することは出来ない**

のである。一つの命題を要約するということは、その本質を表示することである。併しある芸術作品を要約すれば、(或はそれを一つの図式によって置換えれば、) その作品の本質を失うこととなる。この事実によって (若しその真の意義を考えるとすれば)、美学者の分析が如何に空しいものであるかは容易に理解することが出来る。

即ち我々はある客体、又は人工的な、或は自然の作用によるある配置から、他の客体や配置にも共通する幾つかの美学的な性格を抽出するということによって、美しいものに関する一般的な公式を獲得することは出来ない。この方法は屢々用いられることがあるが、それはそういう研究が「既知事実」のみを対象としていること、及びその対象たる作品をその諸性格のうちの幾つかに縮小してしまえば、その

言葉のある型が言葉に先立つということがある。又ある絵の輪廓がその絵の主題以前に決定されるということがある。

作品の感覚的な真価は失われるという事が理解されていないからである。

芸術家が**形式**から**内容**に、又**内容**から**形式**に、殆ど無頓着に推移するということ、又彼は、彼がそれにその意味を与える**以前**に、ある**形式**を感知するということ、又芸術家にとっては、**ある形式の概念は形式を求めて居るある概念**と同等のものであるということ、それ等の事柄が哲学者には容易に了解出来ないのである。

一口に言えば、若し美学というものが実際にあり得るとしたら、諸芸術は美学の出現によって、——というのは、——**それ等の本質の出現によって**、解消されるのである。

私が玆で言っていることは、諸芸術の技術的な研究には当嵌らない。それ等の研究は各種の方法とか

ある程度思索することによって、あらゆることの無意味さを指摘するのは容易いことである。パスカルの言ったことは、教会で何時も聞かされるお説教の言い直しに過ぎない。それは、単に生理的な原因から生ずる嫌悪を意味するものでなければ、労せずして人々の精神に多大な印象を与えようとする意図を示すものである。

即ち我々は、人生に対する嫌悪とか、人生の果なさや、みじめさや、無意味さの影像とかを、――性慾とか性慾的な観念とかと全く同じように、容易く人々の精神に個々の問題への対策とかを取扱うものであって、畢竟、芸術作品の製作或は類別をその直接の目的とし、**美の領域には属さない途を辿って、**美に到達しようとしているのではないのである。

我々は或は、我々自身が創案したことしか了解出来ないのである。パスカルは、彼であったら絵画などというものを発明しなかっただろうと言っている。即ち実在していても価値のない物体の像を苦労をして作る必要が、彼には認められなかったのである。併しこの言葉の大芸術家は、幾度も彼の思想を**描こ**うとし、それの言葉による肖像を作ろうとしている。……併し彼が遂には、**ただ一つを除いて、**あらゆる人間的な意図をそれと同様に棄却し、死の外は凡てを絵空事と考えるに至ったようであることも事実である。

喚起することが出来る。それには言葉を少し変えさえすればいいのである（勿論、前者の方が後者よりももっと高級な仕事であることは明かである）。

それに就て私は更に次のことを言いたい（併しそれはある少数の人々にだけである）。即ちそれは、言葉によって左右されまいとする意志が、私が純粋詩と名付けたもの、或は名付けたと信ずるものと、ある一種の関係を有するものだということである。

では、ある神話的な普遍性、即ちこの世界に生れて来るあらゆる人間の霊魂に、宇宙に対するある確実な、一致した感情が根強く存在するということを基礎として、彼の倫理学と美学とを築き上げたエマニュエル・カントの場合はどうであるか。又善と美とを論じたあらゆる哲学者の場合はどうであるか。——彼等は実を言えば、自己の真実の姿を知らずにいる創造家なのであって、彼等は、実在に対する粗雑な、或は軽薄な概念を更に正確な、或は完全な概念によって置換しているに過ぎないと信じているが、彼等は実はその反対に、創造をしているのである。そしてそのあるものは精細な分割によって、又あるものは均斉への欲求によって、又あるものはある状態への深甚な憧憬、又は、在り得るものに対する深い愛によって、彼等は問題に問題を加え、存在に実体を附し、そういう創造によって、精神の遊戯や精神の独断的な諸建築の宝庫に展開の形式や公式とか、更に新しい象徴とかを寄与するのである。

哲学者は芸術家を我が物にしようとし、芸術家が感じること、為すことを「説明」しようとした。所が事実はその反対なのである。即ち哲学は美の概念の下に、創造的な感覚の領域を統轄し、同化することによって、美学の母及び支配者となり得るのではなく、哲学も実は美学から発しているのであり、哲学も自己の存在の理由や、その良心の満足や、その真の「深さ」をその構造する能力や、その抽象的な詩としての自由さの裡にしか見出せないのである。そして形而上学の数々の代表作は、それ等が前提としていることの潰滅や分析が思想や用語に及ぼす破壊的な作用に対して、美学的な解釈によってしか保証されていないのである。

今まで真理の探究者として考察していたある種類の問題を芸術家として考察すること、即ち、最も親密な誠実さの産物であるべきものを美しい虚偽に、——本格的な作り事に変ずることは、一見非常に困難なことに思われるかも知れない。併し哲学者はこの変革に対して不安を抱いてはならない。それは単に習慣上の変革に過ぎないものなのである。私としてはそれを、事の成行が要求する改革としか考えないのであって、その見取図のようなものを、私は古代の造形美術の歴史に認めるのである。即ちある時代に於ては、人間や動物に擬した像が、それが人間の手によって作られたものであるにも拘らず、普通の生物以上の存在に看做され、そういう粗悪な、不動の像が、超自然的な力を有していると考えられていたことがある。その頃の人間が作った木や石の神々は人間に似てさへもいなかった。そして人間はそういう、殆ど像とは言えぬ像に供え物をし、それを神として崇めていた。然も、注目すべきは、そういう像の形が漠としたものであればある程、それがなお尊いものに思われていたことである。——そしてこれは、子供と人形、或は恋愛をしているものとその対象との場合にも観察される事実であって、非常に意味のある事柄なのである。(我々は或は、ある対象を我々自身の力で活かすことが必要であればある程、なお我々自身がその対象によって活かされていると信ずるのである)。併しこの種類の、人間によって伝えられた生命が弱るに連れ、又そのよう

　私には、伝統的な哲学のそれ等の抽象的な諸概念が、極めて**原始的**なものであるように思われるのである。敢て言えば、——それ等の観念やそれ等の観念によって表現されている諸問題には、一種の未熟さが附纏っている。殊に、**実在と因果関係**との観念は、私には非常に粗雑なものにしか思えないのである。

　そしてそのように、抽象的な言葉に明確な定義、及び明確に規約

な粗末なものには生命が伝え難くなるに連れて、**偶像は段々美しくなった**。即ち人間の批判力が旺盛になるのに従って、偶像は人間や事件に対する想像上の力を失い、その代りに、直接目に訴える実力を増して行った。斯くして彫刻家は解放され、彼自身に、即ち彫刻家というものになった。

　私が、今日あれ程尊ばれている諸種の概念、例えば**原理**とか、**想念**とか、**存在**とか、**本質**とか、**範疇**とか、**実体**とか、**宇宙**とか、それ等の、人間によって代る代る必要とされて来た諸概念を、先刻話した偶像に譬えるとしたら、それは哲学者の感情を非常に害することとなるのだろうか？——太古の、形を成さぬ偶像に対して希臘《ギリシア》の全盛期の彫刻が有するが如き関係を、伝統的な哲学に対して有する哲学は如何なるものであるかを、想像することは出来ないの

的な性格を有する定義を与えずに、そういう抽象的な言葉を用いることは、この全く詩的な行為を一つの技術的な言語の設定と混同し易くすることになりはしないだろうか？

だろうか？
私は時々、あらゆる幻覚を脱し、最早本質化する能力を必要としない、純粋に観念だけによる構成とか、全然抽象的な構造とかが、段々容認され、可能となって来るのに従って、この種類の解放された哲学は、説明するということに対する原始的な信仰を基礎としている種類のものよりも、更に豊富であり、真実であり、それが、厳密に批判的な態度を持している哲学よりも更に人間的で、更に魅力のあるものであることが、明らかになって来るのではないのかと思う。それによって或は、形而上学が、批判によって非常に弱められてしまった種類の目的の下に、今まで続けて来た高級な仕事を、新しい精神で、又全く別な種類の抱負を以て受継ぐことが可能となるかも知れないのである。例えば数学は既に非常に長

数学は最も自由な、又最も意識的な独断の裡に、その必然の芸術を最も確実に発展せしめる手段を見出したのである。

いこと前から、数学というものの概念を除いての、あらゆる外的な目的から自己を解放していて、数学はその自己の概念を、数学特有の技術の純粋な発展と、その発展の真価に対する認識とによって、発見したのである。そしてそういう、技術としての自由さが、数学を現実から遠く離れさせ、それを無益な遊戯や、困難や、風流の世界にしてしまう代りに、その自由さが数学をして、物理学者の驚異的に精緻な武器としたことは周知の事実である。

ある一種の観念の芸術、或は観念の秩序か、又は観念の数多の秩序の芸術、というものを考えることは、全く無意味なことなのだろうか？　私としては、凡て形而下のものでなければ建築ではなく、凡て音を発しなければ音楽ではないとは考えないのである。そして観念、及び観念間の関係に対する、ある一種

それ故に、如何なる哲学教育であっても、それが同時に、**教義**に対するのみならずあらゆる**問題**に対しての、各人の精神の自由を教えるものでないならば、それは私の考えでは反哲学的な教育なのである。

　問題は、哲学に耽る悦楽に対する欲求を起させることなのである。

の感覚が存在することは事実であって、私にはそれが、音や色の感覚と同様に作用し、それ等と同様にこの感覚を開拓することが出来るように思われるのである。それのみならず、もし私が哲学者というものを定義しなければならないとなったら、私は、彼に於けるこの種類の**感覚**の先天的な発達を以て、哲学者の特徴となすかも解らないのである。

　人が**彫刻家**や**音楽家**になるのは生れつきであるのと同様に、私は**哲学者**も生れつきであると信ずる。そしてこの天賦の才能は、今まではある**真実**、或は**現実**の探究を口実とし、目的としていたが、それがこれからは自分自身のみに依拠し、探究するよりも創造すべきだと私は考えるのである。それによって哲学者は、拘束の裡に獲得した諸能力を真に自由に行使し、彼に特有な才能や気力、——即ち抽象的な事柄に生命と動きとを与える、彼に特有な才能や気力を、——あらゆる方法によって、あらゆる形式の下に用いることとなるだろう。

斯くして、というのは、観念と観念との内的な調和のみを対象とすることによって、哲学を救うことが出来るのである。

然も、私が疑問の形で提議した以上のことは、既に実地に例証されていることなのである。私は茲まではそれを可能なこととしてのみ説いて来たのであるが、今日までの哲学の諸体系が我々によって如何に扱われているかを考えて見れば、私が可能なこととして提議したことが既に実現されていることを、我々は容易に理解することが出来るのである。即ち我々はどういう目的の下に哲学の本を読むのだろうか？　そこに、精神の一種の娯楽又は訓練以外のこ

哲学がそれに関心を有するものにとって、芸術を愛好するものにとっての芸術作品と、精確的には同じ役割を演ずるものであることは疑う余地がない。例えばバッハの愛好者があるように、スピノザの愛好者もあるという訳だ。

時にはその二つの対象の間に相当暗示的な接近が成立することもある。例えばニイチェとワグナアである。

それに、この種類の偉大な思想家達は何を希望することが出来るのだろうか。

とを真実に求めているものがあるのだろうか？我々は、暫くの間ある美しい遊戯の諸規則に我々の精神を委ねる感じで哲学の本を読むのではないのだろうか？——そういう峻厳な楽しみの為に、我々がその種類の制約を容認するというのでなければ、これ等の、実証することの出来ない規律の産物である数多くの傑作はどうなることなのだろうか？　若しプラトンとかスピノザとかの哲学が論駁されたとしたら、これ等の驚異的な建築物は完全に崩壊してしまうのだろうか？　その場合、**芸術作品としてでなければ**、それ等は完全に崩壊するのである。

併しながら、世界史上に於ては、哲学を離れて、知的な意志の領域に於ける枢要な幾つかの地点に、少数の特異な存在が出現したことがあった。そしてモンテーニュの名もそこには見出せない。

哲学の定石である凡ての問題に対して、私は知らない、と返事する人間は哲学者には擬せられない。


彼等の思想の抽象能力は非常に発達していて、それにはあらゆる微妙な、あらゆる深遠な作業が可能であったが、彼等の思想は造形的な創造に対して不断の関心を示し、それは絶えず彼等の注意能力の感覚的な実証を求めているのだった。即ち彼等は、任意と必然との間の不断の交流に関する、ある深奥な科学に通暁しているかの如くであった。

レオナルド・ダ・ヴィンチは、この一群の優れた人々の最高の典型である。


伝統によって哲学者に数えられ、哲学者として類集せられている人々の名の中に、彼の名が出ていないということほど不思議なことがあろうか？

この除外は一つには、彼が本式に哲学的な、完成された著作を残していない事に原因しているのだろ

併しながら、……

う。それよりも更に大きな原因は、レオナルドが残した夥しい手記が、一つの均等な総体を成していて、我々は彼の精神によって扱われた各種の問題が如何なる順序に従うものであったか、確めることが出来ないということである。我々は、彼が次々に抱いた意図や好奇心が如何なる具合に統轄されていたかに就て躊躇するのであって、彼は、その時の気分や都合によって、あらゆる種類の問題に彼の情熱を費し、その点、恰も九人のミューズに代る代る傭われて戦う野武士の如き観を呈している。そして私はこの形容を、決して彼を非難する意味で用いているのではないのである。

　併しながら、既に言ったように、哲学者としての資格を有し、哲学史に於ても哲学者の中に数えられている思想家は、彼の精神によって扱われている諸

ある人間の名が喧伝されるのには、彼の功績が手短かに言い現せることが必要であるということを忘れてはならない。

観念にある秩序が発見されるということを特徴としているのである（そして哲学史には哲学史としての幾つかの制約があり、その中で最も大きなのは、哲学及び哲学者というものに、必然的に一方的な定義が下されるということなのである）。

よってレオナルドは哲学者の数に入れられず、それは彼の思想が明瞭な構造というものを持たないからであり、それは又、――そしてこの事を言うのを恐れてはならない、――彼の思弁の本質をある種類に属せしめ、それを問題毎に、他の哲学体系と逐一照合することを許すような、容易く要約出来る概観というものが彼の思想にはないからである。

併し私はもう一歩進んで、以上の全然消極的な条件よりも更に実質的な理由や、更に顕著な特徴を指摘することによって、彼を哲学者達から区別したいと思う。彼の知的行為が哲学者達のと、時には非常に似ていながら、どういう点で明瞭に異っているか、それを私は考えて、——或は想像して見たいのである。

哲学者の目的は、哲学者を観察しているものの立場から言えば、非常に簡単なものなのである。即ちそれは、**彼の思索の結果を論述によって表現する**、ということなのである。それに従って哲学者は、**言語によって**完全に表現し、伝達し得る、ある**知識**を構成しようとする。

併しレオナルドにとっては、言語が凡てではないのである。知識というものが彼にとっては凡てではなく、それは一つの手段に過ぎないのかも知れないのである。レオナルドは写生し、計算し、建築し、装飾し、彼は、想念の作用を受け、想念の実験となるあらゆる種類の物質的な表現方法を用いるのであるが、それ等は想念に、事物に対して思い掛けない反撥を示す機会を提供すると同時に、それ等は又想念に、異様な抵抗と、如何なる予見も、又如何なる予備知識も、単に精神的な算段によっては測知することの出来ない、ある全く別の世界の諸条件とを経験せしめるのである。即ちこの多元的な、意志的な人物にとっては、**知識**だけでは不十分であり、それよりも彼は**能力**を求めている。彼に於ては、理解することと創造することとの差別がなく、彼は理論と実際とを、又思弁と外的な諸勢力の開発とを、又真実と、真実を実証出来る事柄と、及び真実と真実の実証の一形態である機械や作品の製作とを、分離することを好まないのである。

現代的な意味に於ての科学の本質は、知識を能力に依存せしめるということにあり、それは、理解出来るということを実証出来るということに従属せしめるという点にまで進展している。即ち科学に対する信頼は、それがある幾つかの明確に限定された行為によって、ある一つの現象を確実に再現、或は再見せしめ得る、ということに

この性格によって彼は現代科学の正当な、直接な先駆者なのである。現代科学が、諸能力の獲得と所有ということに益々専心しつつあることを、まだ認めないでいるものがあるだろうか。——そこで私は科学を次のように定義する、——そしてこの定義は、我々がそれを何と思おうとも、**我々自身の裡に潜在**するものなのである。即ち私は、**科学とは、確実に成功する処方や手順の総体である**と定義するのであって、その結果として科学が、漸次に、**諸現象と我々の行為との間に可能な関係の一覧表**となって行くことも、指摘さるべきである。そしてその表は益々分明な、益々豊富なものとなることが予想され、そこにはそういう種類の諸関係が、益々精密な、益々簡潔な記号法によって記載されて行くのである。

置かれているのである。そしてその現象を描写し、――それを「説明する」、方法はと言えば、それが現在では科学の発達や科学の解釈の上での、最も不安定な、最も争われている、最も改善の余地のある部分となっているのである。

事実、単に習慣の上で尊ばれていることを除けば、予見に於ける確実性ということが、現代人が認める唯一の価値なのである。他は凡て文学に過ぎない、と彼は言いたいのであって、その凡ての中にはあらゆる説明や、あらゆる「理論」が含まれている。彼はそれ等の説明や理論の重宝さや、必要をさえも、認めるのであるが、彼はそれ等を方法や手段として考えているのである。即ち彼にとってそれ等は媒介的な操作であり、摸索の一種であり、それ等は又、符号や影像の組合せにより、論理的な目論見によって、最後の決定的な認識を準備する、暫定的な存在に過ぎないのである。

現代人は数十年のうちに、相矛盾していながらも等しく豊富な仮説が相次いで、或は同時に、行われるのを経験しているし、それ等の主義や方法論は、その理論的な立場に於ては正反対であって、両立することの出来ないものであるが、その実証的な成果に於いては共に有効なものとして、人間が獲得した新知識に加えられているのである。現代人は又、法則が重宝な約束として扱われるのを見ているし、彼は又、これ等の法則の中の多くのものはその純粋な、本質的な性格を失って、単なる蓋然性の位置に貶され、——というのは、我々の観察の手管としてしか意味を成さなくなっていることを知っている。最後に、彼は「世界」というものの存在を臆測し、「世界」という観念が彼の精神に課せられているのを感じるのであるが、その世界の観念が一聯の間接的な認識によって中継され、又、普通の言葉に翻訳すればただ当惑する他はない意味の事となる、あらゆる影像を絶した解析によってその世界の観念が構築される時、——そして、世界という観念があらゆる影像の本質の実体であって見れば、その解析があらゆる影像を絶することは当り前ではあるが、——そういう中継や解析によって与えられた世界の観念はあらゆる範疇の混乱を来し、その意味で世界は存在すると同時に存在しないものである為に、現代人は、そういう「世界」の像を明確に抱くことが益々困難となり、それが今では殆ど不可能となっていることを知っている。併しながら、これ等の極度に多元的な知識、これ等の非情な仮説や、認識者と矛盾している認識は、他に如何なる結果を有するともそれ等は常に、事実や事実の生産様式、即ち能力の、絶えず増加しつつある恒久的な資本を作って行くのである。

故に凡て精神的な作業の目的は最早、ある根本的

斯くして真の知識の基礎が築かれて行く。この知識の表現である諸命題は、種々の行為の公式である他はなく、斯くすべしと指図することに限られている。それが能

力というものなのである。即ち能力とは、内面の意識的な変更による、外部の確実な変換なのである。

な省察ということではなく、そういう省察は最早意味を持たない（或はそれは、段々神学的に解釈されることとなり、我々人間との比較を絶した省察者を必要とすることとなるだろう）。そしてその反対に省察は精神自身にとっても、二つの経験、或は経験の二つの状態を仲介する行為として考えられるのであって、その経験の第一の状態は与えられたものであり、第二の状態が予見されたものなのである。

この種類の知識は行為とか、実行や統制の方法とかから決して離れることがなく、又もし離れるとしたらこの知識は全く意味を失うものなのであるが、——その代りに、それは常にそれ等の行為とか実行方法とかを基礎とし絶えずそれ等を参照することにより、それは他のあらゆる知識、即ち言葉のみによって構成され、観念のみを対象としている種類の、

科学の種々な変化によって、形而上学は現代に於て度々不意打を食わされている、――そして時には極めて滑稽な具合に。

それ故に私は、若し私が哲学者であったなら、私の哲学的な思想を、新しい経験によって覆される種類の如何なる認識にも依存しないものにするように、努力するだろうと考えるのである。

あらゆる知識を完全に否認することを可能ならしめるものなのである。

そこで、単身世界を対象とする精神の推論や諸価値を非常に疑わしくする、幾多の思い掛けない新発見に包囲され苛まれている哲学は、これから一体どうなるのだろうか？ 即ち哲学は、自然科学の旺盛な活動によって絶えず衝撃され、妨害され、驚かされている一方、自己の内部に於てもその最も古い、最も強固な（そして或は最も罪のない）習慣の数々を、言語学者や言語学愛好者の緩慢な精密な作業によって攪乱され、脅かされているのである。――斯る時、「**我は考える**」はどうなるのだろうか？「**我は存在する**」はどうなるのだろうか？ そして又、虚無の領域にあれ程偉大な役割を演じたかの無意味な神秘的な動詞、「**在る**」、はこれからどうなるのだろうか？　或は再びどういうものになるのだろうか？　ともあれ、その原始的な意味の消失、或は磨滅によって異様な発達を遂げるに至ったこれ等の微《び》賤《せん》な言葉から、非常に微妙な精神を有する芸術家達が、無数の問題や解答を抽出したのである。

故に**若し我々が、我々の思想上の習慣とは全然関係なしに**、精神的な諸事物の現状が我々に見せることだけを認めるとしたら、我々は、その作品によって定義せられた哲学というものが、そして哲学の作品は**書かれた作品**に他ならないのであるが、その作品によって定義せられた哲学は、一種の特殊な文学形式である事を容易く理解する筈なのである。この文学はある種類の主題と、又その文学に於てはある種類の言葉や形式が頻繁に用いられることとによっ

——その反対に自己を究極の目的としているのである。

て特徴つけられている。そしてそれにも拘らず、この、精神的な作業及び言語的な生産の、極めて特異な一形式は、その意図や公式の普遍的な性格によって、精神界に於ける最高の位置を占めるものと考えられているのであるが、この文学の一形式が何等外的な実証を有せず、それによって如何なる能力も設定せられず、又その対象となっている普遍性も、決して一時的なもの、或は手段、或は実証出来る諸結果の表現方法として考える事が出来ず、又そう考えるべきではない故を以て、——それ等の事実からして我々は哲学を、詩から余り離れてはいない場所に位置せしめる他はない。……

併しながら、この種類の仕事に携っている芸術家達は自分達の正体を認めず、芸術家たることを欲しない。彼等の芸術は恐らく詩人達のとは異っているのであって、それは言葉の反響や、その奥妙《おうみょう》な親和性を濫用することには存しないのである。即ち哲学者は、彼の感官を超越したある絶対価値の存在に対する信仰を対象として思索する。**実体とは何であるか**、と哲学者は自問する、又、**自由とは何であるか**、と。そして彼はこれ等の言葉の、比喩的な、社会的な、及び統計的な起源を知らずにいる状態に自己を置き、それ等の言葉が種々の限定出来ない意味を帯びて来ることによって、彼は最も深奥な、又最も微妙な結合を案出することとなるのである。即ち彼は彼の提出した問題を、幾つかの時代に亙るある言葉の歴史によって簡単に解決してはならないのである。そして言葉というものは、時代を経るのに従って誤解され、比喩的に、或は特異な具合に用いられ、そういうことが度重なり、言葉が種々雑多な影

凡て偉大なる哲学者の特徴は、観察した事柄から直接に生ずる諸問題に、種々の解釈上の問題を附加するということである。

彼等は各々独特の語彙を哲学の世界に齎すのであるが、彼等は何れも彼等の用語に十分な定義を与えないので、彼等の言葉の価値に関する論争は、如何なる場合に於ても、彼等の言葉の意味に関する論争の領域を完全に脱するということはないのである。

響を蒙らされることによって、それ等の言葉は生物と同様に複雑な、神秘的なものとなり、生物の如く、殆ど不安になる程の好奇心を人に抱かせる。そしてそれは、限定された名辞によるあらゆる解析を逃れ、この、単純な必要の偶然な産物は、古代に於ては直接な意志の表現や、通俗的な交際の手段であったのから、遂には多くの、驚異的に敏感な精神に全的な懐疑を与え、その思惟する能力の凡てを以て之に当らしめるという、至上の宿命を負わせられるに至ったのである。即ちこの言葉という無価値のもの、この、人類によって一般に創造され、誰でもによって別な意味を附せられた偶然な手段は、ある少数の人間の瞑想や弁証法によって一つの驚異的な武器に変ぜられ、それはあらゆる種類の思想から成る思想の総体を悩し、又、強大な精神の全能力を活動させ、又凡てを総括的に理解しようという欲望に、幾多の深淵を提供することとなったのである。

所で、無を変じて何物かにするというのが芸術家の作業の凡てである。そして又、通俗的な言葉で、最初にそれが作られた時は誰もその中にそれ程の困難が存在するとは思わなかったものに、自分から無数の困難を設定し、ある一種の言葉の代用法によって疑惑や葛藤を創造し、矛盾を発見し、精神を当惑させ、同じ言葉の代用法によってそういうこと凡てを統一し、強要するというのが、哲学者の仕事なのであるが、これ程真に個性的なこと、即ちある個性と、それとそれ以外のこととの相違とを明かに示している仕事が他にあるだろうか？……普遍的な外形の下にこれ程個性的な性格を有するものが他にあるだろうか？

哲学者にとっては手段であると同時に目的である言葉、彼がそれに生命を与え、それを彼の精神の奥底で錬磨する、この言葉という卑賤な物質は、レオナルドにとっては、彼が有する諸手段のうちで最も微弱な一手段に過ぎなかった。数学さえも、そして数学は結局ある一種の、厳密な規則による論述法にすぎないのであるが、数学さえもレオナルドにとっては、単に暫定的な器具なのだった。「精密科学の楽天地は力学である、」と彼は言っている、(これは既に完全にデカルト的な考えであって、彼が生理学的物理学に絶えず関心を持っていたことも、デカルト的なことである)。

それは彼の精神が、現代に於ける我々の精神と同様の傾向を有していたことを証するものである。

デカルトの哲学の注目すべき一要素である動物機械論が、レオナルドに於ては更に発達した形式で存在しているのが見られる。即ちこの観念が彼に於ては、言わば活用されているのである。というのは、私が知っている限り、彼以前に諸生物を機械学の見地から観察したものは一人もいないのであって、栄養作用とか、推進作用とか、呼吸作用とかいうことが、凡て彼にとっては機械学的な研究の対象となっている。その意味で彼はデカルトよりも更に積極的な解剖学者であり、技師なのである。彼の最大の野心は人造人間の製造、即ちものを製作することによってそれを認識するということであった。

併し彼が生きていた時代に於ては、有益なこととか、心地よいこととか、刺戟的なこととかと、それ等とは別な、感覚や欲望や運動や思想の間に、交感や反響によるある調和状態を生ずることとを、混同する実利主義、或は習慣が、現代に於ける程一般化してはいなかった。即ちその時代に於ては、肉体的な安楽の増進とか、労力の省略とか、時間の節約とか、単に感覚的な驚異とか刺戟とかいうことが、最も望まれていたのではなかった。その頃の理想は、知的な計算や工夫によって感覚的な享楽を増加すること、及びそういう洗煉された快感を、ある表面的に美しい「精神性」の導入によって完璧なものにすることだった。そのようにルネッサンスの人間は、牧羊神や天使達を最も人間的に結合する術を心得ていた。

何故なら、彼の画法は予め、彼が描こうとする対象の非常に精密な分析を必要とするからであって、その分析は描こうとする対象の外見上の諸性格に止まるものではな

そして茲に於て私は一群の、説明するのに困難であり、それを理解させるのが更に困難な種類の事柄に到達するのである。

では、私にとってはレオナルドに於ける最も驚異的な性格に思われ、又、私が今まで彼や哲学者達に就て言った如何なることよりも、更に深く、更に不思議な具合に、彼を哲学者に近付け、それと同時に又彼を彼等と対立せしめている特長を、茲で言うこととしよう。それは、レオナルドが画家であり、**絵画が彼にとっては哲学である、**ということなのである。事実それは彼自身が言っていることであって、彼は、人が哲学に就て語るが如く、絵画に就て語るのである。というのは、絵画は彼にとって、凡てのことと関係を有している。彼はこの（思想にとって

く、最も内的な、或は有機的な面にまで及んでいて、――物理学、生理学、心理学等の見地から行われるものなのである。そしてそういう分析によって、眼は対象の隠された構造から生ずる種々の外見上の特徴を発見しようと、言わば**待ち受けて**いる、という塩梅なのである。

は非常に個別的なものに見え、知性を完全に満足させることなどは出来そうにもないように思われる）芸術に対して、それには不相応な観念を抱いている。即ち彼は絵画を以て、普遍的な精神の全的な努力に価する終局の目的に考えているのである。それと同じように、現代に於てはマラルメが、世界は詩の諸方法によって表現される為に存在し、遂には凡てのことがそれによって表現し尽されるだろうと、如何にも特異に、考えたのだった。

レオナルドにとって画をかくということは、あらゆる知識と、殆どあらゆる技術とを要することなのである。即ち幾何学とか力学とか地質学とか生理学とかの知識がなければ出来ない事なのである。そして例えば、ある戦いの画をかこうとすれば、それには旋風とか、旋風によって捲き起された埃とかを研究する必要があるが、レオナルドはそういう旋風とか埃とかを、先ず深い学殖から来る期待を以て、即ちそれ等の現象を支配する諸法則を完全に知っているものの眼でもって観察した上でなければ、それ等を描こうとはしないのである。又彼にとってある人物とは、解剖学から心理学に至るまでの、種々の専門的な研究の対象の綜合なのである。彼は見事な正確さを以て、年齢や性別によって異る人体の種々の態度を観察し、又彼は、種々の職業に於ける特徴的な動作を分析して見る。そのように、原因を研究することによって物の形式を把握するに至ろうとする彼の意図の対象として、凡ての物が彼にとっては等しいのである。彼は、先ず、物の外観に注意し、次にはその形態上の諸性格を力学的な一体系に要約しようとする。そしてその体系が解り、——感知され、

ベンヴェニュト・チェリニによれば、種々の作用に適応した有機的な器官の諸形式を最初に鑑賞したのはレオナルドだった。ある種類の骨や（例えば肩胛骨）、関節（例えば手と腕との関節）の美しさを最初に指摘したのはレオナルドである。

　真に現代的な美学は適応の原理をその根本法則としている。希臘の芸術家達は外見上の効果をしか考えなかった。即ち諸形態の実際

の機能を認識の対象とすることから生ずる知的な快楽は、彼等に於ては独立したものとなってはいなかった。併しながら人間は非常に古くから、完璧な武器や器具を製作しているのである。

――説明されてから、――彼は彼のそういう作業を、図画或は油絵の実地の製作に取掛る事によって完結し、或は反復し、それによって彼は彼の労苦の所産を完全に収穫する。斯くして彼は、ある物の一相貌、或はその投影を、その対象が有するあらゆる性質の綿密な分析によって再現するのである。

――併し言葉は、この場合どういう役割を演ずるのであろうか？　――言葉はその場合レオナルドにとって、数字と同様の一つの手段であるに過ぎない。というのは、彼が色々なことを企図するのに際して、それは、丁度書くものがある表現を完成しようとして、欄外に下絵を描いたりするのと同じように、仕事の上での全く補助的な属具としてしか用いられていない。

要するにレオナルドは絵画というものに、自然を

私がレオナルドを研究した時、私は彼に極度に意識的である故にそこでは芸術と科学とが完全に混合せられるに至っているという、そういう種類の仕事の典型を見たのだった。彼の作業は又、一般的な分析を基礎としている芸術的態度の好例なのであって、それは、ある個別的な作品を製作しようとする場合、それが実証出来る要素によってのみ構成されるということに、深甚な注意を払うものなのである。

レオナルドの分析は、彼の画家としての情熱を、——眼に見えない種類の諸現象を含めてまでの、——あらゆる現象に対する好奇心に等しくし、如何なる現象も彼にとっては絵画ということと関係のないものではなく、又逆に、絵画綜合するという意図が精神に課するあらゆる種類の問題、——及びその外にも幾つかの問題を、——発見するのである。

——そういう彼は哲学者なのだろうか？　哲学者ではないのだろうか？

それは、言葉の選択などの問題ではないのである。……そこには、どちらにしろ曖昧な名称の選択などということとは、全く別な種類の問題が提出せられている。即ち、あれ程多くの、書かれたのではない作品によって有名である彼に、哲学者という美しい属性を附することに就て私が躊躇するのは、私がそこで、ある精神の活動の総体とその精神が選んだ表現方法との関係の問題に逢着するからである。それを敷衍して言えば、それはある精神の活動の総体と、

は一般的な意味に於ての認識の手段として、極めて貴重なものに彼には思われたのだった。

この、製作と知識との間の驚異的な相互関係は、――そしてその関係に於ては前者が後者を実証するものとなっているのだが、――この関係はレオナルドの特徴を成すものであり、又純粋に言語のみの科学と対立するこの傾向は、遂に現代を全的に支配するに至り、それによって哲学は非常な打撃を蒙っているのである。即ちこの傾向の見地からすれば哲学は不完全なものであり実力のない言葉なのである。

その精神に自己の能力の最も激しい印象を与える作業の種類との、及びその総体と、その精神が受け入れる外的な諸抵抗との間に存する関係の問題なのである。

レオナルドの場合は、我々にある配合の驚異的な一形態を示すものであって、それは我々に、我々の精神上の種々な習慣を反省させ、我々に伝えられた数多の観念に就て我々の注意を覚醒するものなのである。

私は彼に就て次のようなことが、相当な確実さを以て言えると思う。それは、ある精神の生活に於て哲学が占めている位置、――その生活に於ける精神の深奥要求、――その精神に伴う一般的な好奇心、――その精神が多量の事実を必要とし、それ等を記憶し、同化すること、――又その精神があらゆることの原因を絶えず求めていること、――それ等凡てがレオナルドに於ては、絵画に対する不断の関心によって正確に置換えられている、ということである。

これは我々の思想に非常に古くから存在する区別を攪乱する事柄であり、我々が今まで持っていた哲学と絵画との観念を同時に危くするものである。我々の思想上の習慣から言えば、レオナルドは、希臘の神話に出て来るケントオルとかキメラとかに比すべき一種の怪物であり、それは彼が、我々人間の資質を類別することに巧みでありすぎる精神にとって、極めて曖昧な性格を有するように見えるからである。不断そういう精神は、眼も手も持たないように哲学者や、頭脳が縮少して本能だけしかないようになった芸術家のことをしか考えないのである。……

併しながら、哲学とある造形美術への専念との、この不思議な交換を我々は如何に解釈すべきだろうか？　私は最初に言って置くが、我々は「内的」な事実とか状態とかを論ずることによってこの問題を解決することは出来ない。何故なら、心理的な生活の深部或は瞬間に於ては、哲学者と芸術家との相違は全然存在しないか、或は必然的に不確定なものだからである。故に我々は問題を解決する与件として、その存在や区別や対立を「客観的に」認め得る事実だけを用いる他はないのである。そして茲に至って我々は再び、先刻考察した問題、即ち言語が演ずる役割という本質的な問題に逢着するのである。即ち、若し哲学が言語による表現と切離されないものであるならば、又若しその表現が哲学の究極の目的であるとしたら、絵画を目的とするレオナルドは、哲学者の性格の大部分を有しながらも哲学者ではないのである。併し彼が哲学者ではないとする場合、我々はこの判断から生ずるあらゆる結果を受け入れねばならず、そのあるものは峻厳な性格を有するものなのである。よって、そういう判断が如何なる結果を生ずるか、私は説明しようと思う。

哲学者は彼が考えたことを描写する。そしてある哲学体系はある幾つかの言葉の分類、又はある幾つかの定義の表に要約され得るものである。論理とはこの表の諸性質の恒久性、及びこの表の使用法であるに過ぎない。そう考えるように我々は習慣付けられ、その為に我々の精神の行政上、思想の表現方法としての言語がある特殊な、枢要な位置を占めることとなったのである。そしてそれは疑いなく正当な

論理は普通の言語に於ては、——即ち厳密に定義されているのではない言語に於ては、非常に限られた効力をしか持たないものなのである。

位置であり、又、言語というものが無数の因襲によって成立しているものであるにせよ、この言語が殆ど我々自身であることも事実なのである。我々は言語なくしては殆ど「思索する」ことが出来ないし、又言語なくしては、我々の思想を指導し、保存し、把握し、――殊に、……多少ともそれを予見することが出来ないのである。

併しながら、この問題をもう少し近くから眺めて見よう。我々自身を観察の対象としよう。我々の思想は、それが深くなろうとするや否や、――というのは、それがその対象に近付こうとし、それが、事物の外面的な観念を換び起す在来《ありきた》りな符牒にではなく、（それの行為自体が事物となり得る範囲内に於て）直接に事物に作用しようとするや否や、――要するに、我々とこの思想との交渉が開始されると同時に、それは我々の感覚と共に、あらゆる通常の言語から離れて行くのである。即ち言語というものが我々の存在と如何に親しく結び付いていても、又言語が提供する「機会」の分布が如何に濃密なものであっても、又、我々が獲得したこの言語というものの機構に対して我々が如何に敏感であっても、そして又それが如何に迅速に、我々と我々の思想との仲介をするものであっても、——我々は努力することによって、言わば、一種の拡大作用によって、或は、持続する時間を圧縮することによって、我々は言語を、我々の心理的な生活そのものから分離することが出来る。そして我々は必要な言葉が存在しないのを感じ、又我々は、そういう言葉が存在しなければならない理由が少しもないことを知っている。そういう丁度我々の必要に適合する言葉というのは、

それは、我々の思想が有する諸価値の意識的な**持続**を験することによって、そういう表面上の諸価値を再検討することである。

……**我々を置換する**言葉である。何故なら、言葉というものの作用は（そして又言葉の実益はそこから生ずるのであるが）我々をして、既に経験したことのある状態の「近辺」を再び通過させること、即ち、**繰返し**を整理し、或は設定することに存するからなのであるが、――我々は、今言ったような場合、**決して繰返されることのない**精神生活の一端を経験するのである。それが或は、「深く考える」ということなのであって、――深く考えるとは、平常よりも有益に考えるとか、正確に考えるとか、完全に考えるとかいうことではなく、それはただ遠く考えること、即ち**思想によって言葉の自動作用から出来得る限り遠ざかること**なのである。斯る時我々は語彙と文法とが我々に外部から与えられたものであり、それが *res inter alios actas*（他の者に関係すること）であるのを感じる。そして我々は、言語というものが有機的なものであり、なくてはならないものであるにも拘らず、思想の領域に於てはそれによって何物をも完成することが出来ず、そこでは言語の他動的な性質を定着する何物もないことを、直接に認識するのである。即ち我々の情熱と、我々の厳密さへの欲求とが、共に我々に言語を拒否させるのである。

併しそれにも拘らず哲学者達は、言語を彼等の深奥の生活に結び付けようとし、——彼等の認識を認識し、或は再認識する用具として言語を更に微妙なものに、又更に正確なものにする為に、それを再編制し、それを彼等の孤独な経験の諸要求に応じて完成しようとした。即ち我々は哲学を以て、ある人間が、存在と認識との間の一種の等価状態、或は可逆状態に於て彼の生活を思索し、或は彼の思想を生活

思想は常に我々に、あるものを別なものとして考えさせる、例え

ば一秒を一年として。

する為に採用する一つの態度、又その為の配慮及び自制であるとすることが出来る。そしてそれは又哲学者が、彼に提供せられているのが感じられるある真実、及び彼が更に獲得し得るある真実の、他の如何なる結合よりも更に貴重な結合が彼の裡に構成され、漸次明確になって来るのを予覚して、その実現を待つ間、言語からそのあらゆる通俗的な意味合いを取去ろうとすることをも示すものである。

併しながら言語の性質は、あらゆる哲学者が試みたこの偉大なる努力とは全く反対の傾向を有するものなのである。よって哲学者達の中で最も優れたものさえも、彼等の思想を言葉にしようと努力することだけで彼等の生涯を終った。その試みに於て彼等に幾つかの言葉を創造し、或はそれ等に新しい意味

哲学的な問題の中で一つでも、その問題が実在することが少しも疑えないような形式で提出されているものはない。

を与えたのであるが、それは結局空しいことだった。即ち彼等はそれ等の言葉の実状を我々に伝えることに、遂に成功しなかった。例えば理念《イデア》であるにせよ、物力《ダイナミス》であるにせよ、又存在とか、実体《ヌーメノン》とか、思惟《コギト》とか、自我とかいうことであるにしても、それ等は、原典の文脈が唯一の手掛りである符牒であるに過ぎない為に、彼等の読者は、――丁度詩人の作品を読む場合と同じように、――一種の個人的な創造によって彼等の著作に生命と迫力とを与える他はないのである。それ等の著作に於ては、通俗的な語法が枉《ま》げられて、人間が相互に交換することの出来ない事柄、言語の領域には存在しない事柄を表現する為に用いられているのである。

故に、若し言語による表現を以て哲学の本質と為し、それと同時に、芸術の領域に属するあらゆる自由さや、……困難さえもを、哲学に対しては許容しないとするならば、それは結局哲学というものを、ある少数の優れた、孤独な人々の、種々異った祈禱の形式に縮少してしまうこととなる。それに、相互に相容れる二人の哲学者、及び、一定不変の解釈を有する哲学上の主張というものが未だ曾て存在したことはないし、又我々はそれを想像することさえも出来ないのである。

併し言語と哲学的な活動との関係に就てもう一つ考慮すべき問題がある。そしてそれは事実として現実に観察出来る事柄なのである。

我々は、我々の周囲を見廻すだけで、精密であることが益々要求せられて行くあらゆる領域に於て、

とは言え、言語がそういう表現に於ても不完全であることを見逃すことは出来ない。例えば**点**とか**線**とか**比**とかいうことの定義にもそれが見られる。

言語の重要さが減退しつつあるのを認めることが出来る。勿論今後も通俗的な言語は、生活の内的及び外的な諸関係に於て、基本的な、又一般的な表現方法として用いられることであろう。又それは常に、他の意識的に創造された言語の手解きをするのに使用されるだろうし、それによって未熟者が、そういう意識的に製作された、強力で正確な表現機関を獲得するという事情には、今後も変りはないだろう。併しそういう表現機関との対照によって、通俗的な言語は漸次にある初歩的な、粗雑な概略の手段という性格を帯びて来るのであって、それよりも更に純粋な、各々その特別な使用法に更に適した、種々の記号法の発展によって、通俗的な言語の用途は段々狭くなって行くのである。そして又、そのように通俗的な言語の用途が狭くなれば狭くなる程、哲学の領域も亦縮少されるのである。……即ち段々精密になって行く世界に於て、精密にされて行く凡てのことが、哲学の原始的な表現には捉え得ないものとなるのである。

注目すべきは、今日ある種類の場合に於ては、独断によって慎重に設定されたあらゆる記号が廃されて、その代りに、物そのものが印する跡、或は物の直接の結果である記号や変換が用いられていることである。そして諸法則を眼に見えるものに変じ、眼で読取られるようにするという驚異的な発明が我々の認識方法に加えられ、それは経験の世界を、曲線や平面や図式から成る、眼で見える世界でもって**裏打ち**しているのである。そしてそれ等の曲線や平面は物の諸性質を図形に変じ、我々は、その曲折を辿る眼の運動を意識することによって、ある量的な大きさの変遷を感覚するのである。斯くの如く図示法は、言語によっては表現し得ない、物の連続の影像を我々に齎すことが出来るし、又それは精密さや明確さに於ても言語に優っている。確かに、言語が図示法というものを必要とし、言語が図示法に意味を与え、図示法を解釈するのであるが、最早、言語によって認識の行為が完結されるのではないのである。そして今や漸次に、質と量との間の比喩的な諸関係を示す一種の符牒語が構成されつつあるのが認められるのであって、その文法は、予め設定された種々の規約（縮尺とか軸とか三角鎖とか）の総体であり、それは又、図形と図形の間の、或は図形の各部分の間の相互関係や、そういう図形の位置から生ずる諸性質等が、その表現の論理を成すものなのである。

それは又一種の「類推理論」を有するものである。

もう一つ、それとは全然異った（併しながらそれに類似する点を幾つか有する）表現方法が音楽によって提供されている。「音の世界」の諸機能が如何に深く我々に作用するものであるかは周知の事実である。そこでは作曲家の技巧によって、我々の感覚的な生活の全部が**実在**として目覚め、我々は追憶や、疑惑や、種々の衝動の、迷路や、交叉や、重り合いを直覚し、仮想的な力や死や生命が我々に伝えられ、課せられるのである。そして時には、音の描く線や音調の推移が、我々の状態の変化を支配する内的な法則に酷似する故に、我々にはそれがそういう法則の**聴覚的な方式**のように思われ、それが主観的な諸現象のうちでも最も微妙なものを、客観的に研究する場合の規範となり得ることが想像されるのである。この種類の研究に於ては、言語による如何なる表現

随意ということに就て考えて見るべきである。

我々が（少くとも我々の考えでは）随意にすること、――例えば紙の上に漫然と落書したりすることは、――ある一つの器官の単独な活動から生ずるものなのである。即ち我々は眼をつぶって、帽子の中から一枚の紙切れを偶然に引出す。そしてそういう（一種の弛緩に似た）行為に対立するものが、我々の意識的な諸行為なのである。

要するに、ある行為に課せられた個々の条件の数が、その行為がどの程度に意識的なものであるか

も、聴覚によって得られる影像の正確さに匹敵することは出来ない。――何故なら、そういう影像は、それ等が我々に伝える本質的な事柄そのものの変態や再現だからであって、それにも拘らずそういう影像は、――それ等が一つの芸術に属するものである故に、――ある人間の随意な作品として我々に与えられるのである。

そういう例によって明かである如く、聴覚的な感覚の形像や連鎖は、哲学に於て最も「深奥な」ものと見做されている諸様式、――即ち言語から最も遠ざかった諸様式に、――適合せしめ得るものなのである。そしてそれによって容易く理解されることは、哲学が含有し、或は認識し得る最も貴重な諸要素が、それ等は哲学によっては非常に不完全にしか表現されていないが、それ等が、伝統的な哲学に属するの

を決定するのである。

とは全然異った諸方法によって伝えられ、或は少くとも、暗示されているということなのである。

併しながら哲学は常に、**単に言語上の目的を追求しているように見える危険**と戦って来たのであって、今後も益々この方面に於て努力することと思われる。そして（種々の名の下に）哲学にとってはそれが存在する為の基本作用となっている「自意識」は（それは又絶えず哲学を懐疑主義と破滅とに導こうとするものなのではあるが）、一方に於ては哲学の内的な力や必然性を哲学に指示し、他方に於ては、哲学が全然言語に依存しているということから生ずる、あらゆる弱点を摘発する。よって哲学者の大多数は、各自その資質に従って、彼等の思想を凡ての言語上の約束から分離しようとするのであるが、そのあるものは、彼等が彼等の内的な世界の生産作用や変換

併しながら、（私の知って居る限りでは）、彼等がこの作業を、言語をその統計的な性質に還元することから始めるということは決してない。——然もそうすることによってのみ、有史以来の人類の単純さや、詩的情操や、方便や、摸索から生じた種々の言語的な生産物を（よって又、——種々の「問題」を）、「物事の本質」に原因するように考えるという錯誤を免れるのである。

言語のそういう素朴な起源を忘れているということが、相当多くの哲学的な問題の発生条件となっているのを疑うことは出来ない。

殊に、互に関係を有さない種々の「概念」が存在していること、或は、他の言葉と関係なく創造された言葉が偶然に共存していると

に対して特に敏感である為に、彼等は言語の内方を探索し、そこで彼等は、発生状態に於けるある一種の親密な形態に他ならない「直覚」を観察する。そしてそれは、我々に於ける自然発生的な諸状態というものが、それが真実に自発的なものであるにせよ、外面的なものであるにせよ、それ等は常に、直接な光明や、即刻の解答や、思い掛けない衝動や決意をその裡に含むものだからである。併しながら、又別の種類の哲学者達は、そういう内的な諸変化に対してよりも寧ろ、凡てその存在が保存されるものに対して関心を持ち、彼等は、言語そのものの領域に於て彼等の思想を構築しようと図る。そして彼等は公式として示し得る諸法則に信頼し、彼等はそこに明確さという性格そのものの機構を認め、彼等は言語の不連続性やその種々の表現が、この明確さを規範

いうことは、種々の矛盾や逆説を生ぜしめ、その種類の矛盾や逆説は、かなり「哲学的な」誤解や穿鑿を開拓するのに極めて有効なのである。……


としているると考えるのである。

第一の種類の哲学者達が有する傾向を更に発展せしめれば、それはある微妙な傾斜に従って、彼等を容易く時間と聴覚との芸術に導いて行くであろう。この種類に属するものは音楽家的な哲学者である。

第二の種類は言語を理性で固定し、ある確定した形式の下に言語を構成する。そして彼等は言語によるあらゆる表現を同時に存在するものと考え、この言語という、誰でもによって、又誰の手も経ずに製作された作品を、一つの補強工作として再築し、或はある人間の作品として完成しようとする。――そして我々はこの種類の哲学者を建築家に譬えることが出来る。……

私には、そのうちの何れの種類に属する哲学者であっても、絵画を以て哲学としたレオナルドを自分の一類と看做してはならない理由が少しもないように思われるのである。

ヴァレリーに就て

吉田健一

ヴァレリー頌

ヴァレリーを最初に読む気になったのは、非常に難しいと聞いたからだった。今ならばさしあたり、ヴィットゲンシュタインというところで、もう新たにヴィットゲンシュタインが書いたものなど読む野心はないが、もう三十年も前になるその頃は、難しいのならば読まなければならないというただそれだけのことで、『ヴァリエテI』を買って来て読み始めた。あの集の巻頭にあったのが、「精神の危機」だったろうか。今、手許になくてもう覚えていないが、これは別にそう苦労しないで読んで、それから何編かあった後に、「レオナルド・ダ・ヴィンチ方法論序説」とその「ノート及び雑説」にかかった。難しいと言っても、ヴァレリーの文章は、気を散らさずに読めば解るように書いてある。初めは難しいと聞いて読み始めたのが、それまでのどんな本にも書いてなかったことが幾らでも出て来るのに魅せられて、その意味でこれだけは読んで置かなければという気持に変った。

ヴァレリーのもっと後の作品には、それは例えば、「レオナルドと哲学者達」でもいいが、文章が更に熟している点で『ヴァリエテⅠ』のレオナルド論よりも優れたものはある。しかし今でも、ヴァレリーが考えていたことの中核をなすものは（「私は、中核のことしか思っていなかった」と彼はそのレオナルド論のどこかで言っている）、この『ヴァリエテⅠ』のレオナルド論にあるのだという気がする。もっとも、その同じ論文に対するこっちの態度も、かなりの年月の間に何回か繰り返して読んでいるうちに変って来て、初めは複雑なことをおそろしく簡潔に言い切っているのに打たれたのが、やがてその簡潔な言葉が如何に典雅なものでもあるかということに気がつくようになった。おそらく、ヴァレリーは十九世紀末から二十世紀の初頭にかけての、ヨーロッパ切っての文章家である。極言すれば、ヨーロッパの散文はヴァレリーでその頂点に達したので、ヴァレリーに比べれば、冗慢と思える箇所がないヨーロッパ人の文章というものは、まず、ない。

しかし繰り返して言うと、それがただ簡潔だけなのではない。つまり、複雑なことも、優雅なことも、あるいは切実なことも、すべて的確に、過不足なしにその言葉を与えられているから、我々はその効果とともに、いっさいの無駄を避けることに決めた当のヴァレリーの意志を受け取って、そこに美は美でしかない、あるいは、鈴懸けの木と書いてあれば、そこに鈴懸けの木があるだけの、我々の精神をこの上もなく慰めてくれる世界が出現する。ヴァレリーを読んで、芸術などというのはどうでもいいことを知った。正確な線が一つ引ける方が、芸術の仕事という、何なのかいっこうにはっきりしない世界に頭を突っ込んで迷い子になるのよりも上であり、それを教えられて以来、その線を引くことに熱中した。もっとも、それで当時書いたものを今読み返して見ると、簡潔な線どころか、全く形をなしていない判じものでしかない悪文が少なくて、雑誌その他によくあんなものが載ったと思う。その頃の出版界は言わば、高級だったのだろうか。

それで、ヴァレリーの詩にも惹かれた。それがフランスの詩の伝統に属し、これを完結させたもので、フランスの詩はフランス語の構造からして英国のに劣ることを感じるようになったのはずっと後だったから、詩でも、ヴァレリーはヨーロッパの文学での第一人者だと思っていた。詩が言葉について人智が及ぶ限りの工夫を凝らすことであるならば、ヴァレリーは現在でもその巨匠たることを失わない。これに対して、もし詩が言葉自体の魅力を詩人が全身で受け留め、これを抑制し、自分のものにする作業であれば、それを我々が詩の正道と認める時、ヴァレリーは大詩人ではなくなる。しかしその意味では、フランスに大詩人はいないので、フランス語というフランスの詩人に与えられた条件の下に何が出来るかをフランスの詩人達が検討した結果、ヴァレリーが最後をなすフランスの象徴詩が生れた。それ故に、散文を書くことを志すのも、これに親まなければならない。

冊数の上では、ヴァレリーはそう読んでいない。論文集は『ヴァリエテⅢ』までと、ドガ論と、『テスト氏』、および詩集位なものだろうか。しかしこれがものを書き始めてから二十年間は、文学というものの典型であり、その頂点にあるものだったことも事実である。

（筑摩書房版『世界文學大系』第51巻月報・一九六〇年十一月）

ヴァレリーのこと

一番初めに手に入れたヴァレリーの本は詩集だった。堀口大學氏訳による「紡ぐ女」という詩を友達が写して送ってくれたのに惹かれてヴァレリーの詩集というのはないものか本屋に聞いた所が、普及版が前から予告されていてまだ出ていないということで、それから何カ月かしてそれが出たのを買った。その頃はヴァレリーというのがどういう人間なのか全く知らなくて、そういう詩人がいるということだけがその詩集で解った。「紡ぐ女」はその巻頭にあり、驚いた。

Le songe se dévide avec une paresse
Angélique, et sans cesse, au doux fuseau crédule,
La chevelure ondule au gré de la caresse……

などという水が流れて行くのと同じ感じがする句をそれまで読んだことがなかったのである。

誰でも知っている通り、この詩集にはヴァレリーが書いた詩の殆ど全部が入っていて、「若きパルク」も、「消えた葡萄酒」も、それから「海辺の墓地」の一部もこの本で読んだ。「海辺の墓地」を何故読んでしまわなかったのか覚えていないが、「若きパルク」程は心を動かされなかったことは確かで、その「若きパルク」の、

Souvenir, ô bûcher, dont le vent d'or m'affronte,
Souffle au masque la pourpre imprégnant le refus
D'être en moi-même en flamme une autre que je fus……

などという句は今でも記憶に残っている。もう一つ、女の奴隷が柔かな鎖を引き摺って花瓶の水を換えて廻っているという詩も時々頭に浮んで、その先がどうなっていたのか、この詩集を戦争中に焼いたのが惜しいような気もする。少くとも、これは蔵

書の中で惜しく思っているものの一つだった。

併しその詩集よりもそれから暫《しばら》くして出た『ヴァリエテⅠ』は一時は首っ引きで読んでいたもので、ヴァレリーの詩に初めて接しての驚きはもうなかったが、本を読むというのがこれ程内容があるものであることをそれまで知らなくて、この批評集の為に読書の観念が変ったといえる。例えば、トルストイの『戦争と平和』では確かに一つの世界が描けていて、そこに自分も入って行けるのがこの小説の魅力であっても、それ以上にその世界のことに立ち入るのは登場人物の肉体が阻んでいて、又その肉体がなければそこの世界の展開も止まるという制約が小説というものにはある。『ヴァリエテⅠ』に収められているダ・ヴィンチ論のどこかでヴァレリーは、je ne rêvais qu'à l'amande と言っている。つまり、ダ・ヴィンチがフランソア一世にどんなことを言い、モナ・リザとどういう具合に付き合ったかなどというのは問題ではないではないかということであって、その代りにヴァレリーのダ・ヴィンチ論にはダ・ヴィンチの精神の世界、或はそこに遊ぶヴァレリーの意識そのものがある。

この『ヴァリエテⅠ』も今はないので、最初のダ・ヴィンチ論と所謂、「覚書と余談」、又これよりも更に後に書かれた「レオナルドと哲学者達」が頭の中でごっちゃになっているようであるが、そのどれかにダ・ヴィンチの精神が段々に大胆になって人間を空中に舞い上らせ、暑い日に山の頂から雪を取って来て町に撒かせるという所がある。これはダ・ヴィンチの力学上の研究、又空気というものの性質に就ての思索などに続いてのことだったと記憶していて、それが飛行ということに、更に又、暑い日に雪を降らせるということに繋るのは確かに大胆であり、又それは文字通りに飛躍と呼んでいいことであって、それは更に我々に綜合とか、統一とかいうことを思わせる。やはりヴァレリーのダ・ヴィンチ論のどこかにダ・ヴィンチの人体の研究がこの人体という一つの自然の傑作に対する驚異と常に結び付き、人体というのが余りに美しいものなので魂が死に際してこれを離れる時に涙を流すのではないかという意見をダ・ヴィンチが述べていることが出て来る。こういう人間にとって、それが科学の創始者の一人でありながら、科学も明らかに一つの手段に過ぎず、ヴァレリーのダ・ヴィンチ論には人間であることとの科学とは縁がない喜びがある。

覚えている限りでは、最初のダ・ヴィンチ論とそれに続く「覚書と余談」が「精神の危機」とともに『ヴァリエテⅠ』に収められていて、『ヴァリエテⅡ』にボードレール論やスタンダール論、『ヴァリエテⅢ』に「レオナルドと哲学者達」、「精神の政治学」、「地中海の感興」などがあった。何れもガリマール書店の普及版で、今でも本棚に並んでいたならば、やはり時々出して読むだろうと思う。どうも本というのは初めに読んだ時の版で持っていたい気がするもので、それでフランスで最初にヴァレリー全集が出た時も買わず、戦後になってからのプレイヤード版のヴァレリー集も持っていない。尤も、『ヴァリエテⅢ』以後にヴァレリーのものを余り買わなくなったのに就ては、その頃からヴァレリーを訳し始めて、そうするとヴァレリーも仕事になり、それまでのように無心には読めなくなったという理由もある。「地中海の感興」でこの海の沿岸にギリシア、ローマの文明が生れる有様がこの海そのものと一つになっているのに打たれるのと、それをどうやって日本語で表すかということはそれぞれ違った世界のことに属する。

併しまだこの他にヴァレリーの本を何冊か持っていた。その一つは「テスト氏」で、その中にあるテスト夫人の手紙に、テスト氏はテスト夫人がお祈りする時の精神状態を実に克明に分析して見せることが出来るが、不思議にそこには希望の要素が認められないと書いてあったのを思い出す。それは希望が分析の対象にならないからではなくて、テスト氏であるよりもヴァレリーにとって希望などというのは意味をなさないものだったからに違いない。そんなものを持つよりか自分に与えられた能力を開拓した方がいいということではなかったのだろうか。先日、人が持っているプレイヤード版のヴァレリー集で、ヴァレリーが死ぬ少し前に、après tout, j'ai fait ce que j'ai pu,……と書いていることを知った。それでいい訳である。ヴァレリーは「精神の政治学」か「知力の危機について」のどっちかで今日の人間には現在というものがないと書いているが、彼の作品では凡てが現在である。

（筑摩書房版『ヴァレリー全集』第11巻月報・一九七四年二月）

解説　吉田健一とヴァレリー

四方田犬彦

吉田健一といえば、ほとんどの人が宰相の御曹司であるとか、荒唐無稽な大酒呑みであるといったイメージを思い浮かべる。句読点もないまま、どこまでも続く不思議な文体とか、旅先で無為であることの充実であるとか、夕陽を見ることの悦びを説いた人といった印象が強い。彼が若き日にフランス文学の先鋭なる紹介者として活躍していたことをただちに想起する人は、もはやきわめてわずかである。その戦前の文学活動があってこそ、晩年の円熟した文学観や人生観が可能になったということを認識している人は、ましてやさらに少ないだろう。

とはいえ吉田健一の生涯において、青年時の文学的探究と晩年の円熟とは、不思議な循環構造を見せている。前者の決意がなければ後者はありえなかったし、後者の達成をもってこそ、前者の意義がより明確に理解されるからである。

吉田健一にとって、ポール・ヴァレリーは特別な批評家であった。というのも彼が文学的デビューを果たすにあたって、ヴァレリーこそは精神の自在な運動という観念を示唆した、規範とすべき文学者であったからである。

正確にいうと、出発点にはまずジュール・ラフォルグがあった。続いてボードレール。だがヴァレリーの位置は、こうした一九世紀の象徴派詩人たちとは違っていた。彼は吉田に対し、自明ということを教えたのである。

目先の新しさなどどうでもよい。人間の精神が創作に向かい合うとき真に重要なことは、すべてが自明であるという認識を持つことである。とはいうものの、世間一般の人はそれを自明さゆえに重視せず、あえて考慮しなくともよいと決め込んでいる。もしきみが自明さに思想の保証を求めようとすれば、きみは異常なまでに努力をしなければならない。一言でいうならば、これこそ吉田がヴァレリーから学んだ極意である。

吉田健一が得意のフランス語を用いて『文學界』に寄稿し出したのは、一九三六年、二四歳のときであった。最初は海外文学通信といったコラムや単発の翻訳が主であったが、三年目の一九三八年ともなると、それなりに認められたのであろう、ヴァレリーのドガ論の翻訳が発表されている。翌三九年になると、「知性に就て」「地中海の感興」などが訳され、創元社から『精神の政治学』の翻訳が、単行本として刊行された。読者が手にしているこの文庫本の原本である。吉田はその後も「若きパルク」といった詩作品までを手掛けている。またその一方でドガ論をコツコツと翻訳し続け、一九四〇年には筑摩書房から『ドガに就て』として刊行している。この年が重要なのは、彼が同人誌『批評』に三回にわたって「ヴァレリィ論」を連載したからである。これは刮目すべき論文であった。ヴァレリー熱はその後も戦中を通して続き、戦後も若干の翻訳が残されている。年代でいうならば二〇歳代中ごろから三〇歳代中ごろまで、およそ一〇年間にわたって、ヴァレリーは吉田健一の文学において、守護天使に近い役割を担っていたといえる。

本稿では彼が『批評』に連載したものを核として、戦後になって纏めた論考「ヴァレリィ」（『近代文学論』に収録。垂水書房、一九五七年）を参照しつつ、吉田のヴァレリー観について語っておきたいと思う。

「私は先づヴァレリィの詩人に対する私の驚嘆の中に、言葉となり得るものを見出したい。」

これが吉田のヴァレリー論の第一行目である。なんと奇怪な書き出しだろう！普通の日本語で書くとしたら、「私は詩人として、ヴァレリーに驚嘆している。それをなんとか言葉にしてみせようと思う。」とでも書けばよいところである。吉田は明らかにフランス語で On trouvera…… と発想し、それを強引に日本語に置き換えている。

気取った、というより、むしろ畏まった書き出しだと解すべきだろう。生れてはじめて本格的な論文を書くのだ。英語もフランス語も得意だが、日本語で書くのはまだなんだか自信がない。この一文にはそういった緊張が感じられる。微笑ましい感じがしないでもない。もっとも著者は書き進めていくうちに、しだいに緊張が取れてきたのだろう、ヴァレリーの考えを敷衍して述べていく途上で、信じがたい悪文に陥ってしまう。

併しそれよりも更に重要なことは、自己と世界との関聯に於て、世界を支配する諸方則を逐次的に自己のうちに発見し、その知識に基いて世界を自己の像に擬して変換する精神の操作が近世に至つて予想外の実績を挙げた結果、精神は物質の非情さを獲得した自己の夥しい創造物に自己の能力の限界を認め、更にそれ等が自然の如くに兇暴になつて精神の安定を脅すのに際会して、言はば過失の観念から逃れられないものがその喪失に終つた自己の行為を何回となく点検するやうに、精神が漸く精神の存在自体に就て反省しようとする契機が、この論文に於て始めて人間の思想の対象として取り上げられてゐることである。

何をいいたいのか、さっぱりわからない。よくこんなものが活字になったものだと、わたしは思う。目を凝らしていくたびも読めば、この文章の主語が「精神」であり、「契機」であることが明らかになる。だが挿入と留保がバロック教会の壁面のように、いくえにも複雑な文様を描いているこの文は、そのまま一読しただけではまず理解できない。文章の長さに比べて、読点がほとんど打たれておらず、たとえ打たれていたとしても、変なところに打たれている。そのため、いくたびも声に出して読み上げ、全体の調子をつかんで、ようやく筋道を辿ることが可能となるような、天下の悪文である。読み通して全体の大意を把握するには、至難の努力が必要とされる。

ところが不思議なことに、この驚異の悪文をしばらく読み進めていくと、今度はヴァレリーの詩とエッセイのハイライトが翻訳されている箇所となる。著者としては、読者がほとんど知らないフランスの現代文学者について、ただ自説を滔々と述べるだけではやはり不充分だと考えたのだろう。すでに自分が翻訳を発表したものも含め、ヴァレリーの代表作とも呼べる著作から、これぞといった箇所を抜き出して、紹介を試みている。

地の文があれほどまでに読みづらく、迷路のように入り組んだ構造になっているのだから、翻訳もさぞかし……と覚悟していると、あにはからんや、翻訳には生硬さなど微塵もなく、全体がひどく読みやすい、明確な文章からなっている。

たとえばヴァレリーが世界大戦の直後、世界の荒廃を嘆いて執筆した「精神の危機」を、吉田はどう訳しているだろうか。

希望は確かに残つてゐる。［……］併し希望は、精神の精密な予測に対して存在が抱く疑ひに過ぎない。精神が存在にとつて不利な結論をなす時、希望は存在に、それが必ず精神の過ちでなければならないことを暗示する。併し現在の場合では、眼前の事実は無慈悲であり、明白なのである。即ち我々は、何千人かの若い文学者や芸術家を失ひ、欧洲の文化といふものに対して幻滅し、知識が危害に対して何物をも保護し得ないことの実証を見た。又、科学の道徳的な豊富は致命的な打撃を受け、言はば科学自身が、その応用の残酷さによつて汚されたのである。強慾と献身とはともに愚弄され、信仰は混乱してゐる。事件が相次いで急速に起り、激烈で刺戟的であつて、それが我々の想念を猫が鼠を弄ぶやうに弄ぶ為に、懐疑主義者さへもなす所を知らない。

ここでいささか無粋な試みであるが、わたしが原文を逐語訳してみることにしたい。原文は書簡という形をとったエッセイなので、「です・ます」調で翻訳することが本来は望ましいだろう。

希望は確かにあって、小さな声で歌っています（chante à demi-voix.）。［……］しかし精神が緻密に予測するところに対し、希望とは存在の側が抱く不信でしかないのです。存在にとって気に入らない結論が出るとすれば、絶対に精神の方が**間違っているはず**だと、希望はいいたげなのです。とはいうものの、事実は明白であり無情です。大勢の若い作家が、芸術家が死んでいます。ヨーロッパ文明への幻滅があり、それが何であれ、知は救済などできるものではないという事実が、明らかになったのです。道徳の志が高かったはずの学問は深いダメージを受けましたし、残酷な形で応用されて、身を汚してしまいました。理想主義はかろうじて勝利しましたが、夢見たことの責任を背負わされ、深く傷ついています。現実主義は罪と過ちによって裏切られ、打ちのめされ、糾弾されています。貪欲も禁欲も、馬鹿にされるのは同じです。戦場では信仰は入り乱れ、十字架が十字架と、三日月が三日月と争っています。いろいろなことがあまりに突然に、あまりに暴力的に、またあまりに感動的に起きてしまうので、懐疑主義者はどうしてよいのかわからず、猫が鼠を弄ぶように、思想を弄んでばかりです。

読者はお気づきであろうか。逐語訳にあって傍線を引いた部分を、吉田健一は翻訳していない。あっさりと飛ばしている。

実はここで少し脱線させていただくと、翻訳家としての吉田健一には、原文を平然とスキップしてしまう癖があった。彼は剪定したり、割愛したりする常習犯であった。

たとえば同じヴァレリーの著した『ドガ・ダンス・デッサン』。ここにはヴァレリーが踊子を水中に漂うクラゲに喩え、その優雅にして自由な運動を讃美する一節がある。ところがその最終部分で彼は、あるとき突然にクラゲの唇 bouche の襞の衣装が捲れあがり、その内側が大胆に剝き出しになるという、謎めいた一文を残している。フランス語で bouche という語が女性の陰唇を示す場合もあることに思い当たると、実はこの一文には大変にエロティックな含意が隠されていると判明する。ヴァレリーという人が手に負えないのは、いかにも上品な紳士面をしながら、実はトンデモナイ助平であるという点なのだ。ところが吉田健一は、この一文をあっさりと削ってしまう。そのエロティシズムが露骨すぎて、趣味に合わなかったのだろう。同様のことはイギリス一八世紀の有名なポルノグラフィー『ファニー・ヒル』の翻訳にもいえて、原作にある、いささか生々しい性交描写を吉田はあっさりと割愛し、優雅ではあるがサラリとした訳文に仕立て上げている。エロティックな表象をめぐって、彼は彼なりの美学を持ち、その節度を越えることを嫌ったのだろう。

閑話休題。ヴァレリーに戻ろう。

「精神の危機」の翻訳におけるスキップは、別にエロティックな描写ゆえのことではない。もちろんわたしはその事実だけをことさらに論《あげつら》って、訳者を批判するつもりは毛頭ないが、それにしてもこの割愛の事実は、どのように考えればいいのだろう。もちろん彼が締め切りに追われ、粗雑な割愛をしたとはとても考えられない。

私見では、彼は原文の冗長さを嫌ったのではないか。理想主義と現実主義の挫折といった一節は、内容が重複していると判断したのだろう。またキリスト教徒どうしが、またイスラム教徒どうしが、バルカン半島や中近東で争っているという一節に関しては、極東の日本では理解が困難であると考えたのかもしれない。くだくだと註を付けることは、吉田の趣味ではなかった。だったら思い切って、削ってしまえということになる。

こうした省略によって、翻訳文はみごとにシェイプアップした。吉田健一は詠嘆に満ち、行きつ戻りつ言葉を手繰り出していくヴァレリーのリズムに対し、別のリズム、すなわち訣別を甘んじて受け入れ、感傷を排し、断定的であるような口調を導入した。微妙な陰影を意図的に取り払い、装飾的な対句をも無視して、全体に強い照明を投じた。

ではこうした作業は彼に何をもたらしただろうか。それは端的にいって、みずからの悪文の悪からの浄化である。訳文を明晰で力強いものへと錬りあげる作業を通して、若きヴァレリー翻訳家は、みずからの文章からも不要な枝葉を剪定することを学んだ。そして、思考の過程をより明確に映し出すにふさわしい文体を目指すことになった。もっともその効果は、この時点ではまだ明確に現れてはいない。それが明らかになるのは、後期の作品においてである。ヴァレリー翻訳は吉田健一にとって、書くことの濾過機とでもいうべき役割を果たした。

だが吉田がヴァレリー翻訳から学んだものを文体の領域だけに限ってしまうならば、それは彼の文学の揺籃期にあって、もっとも重大な事実を見落としてしまうことになるだろう。ヴァレリーの『ヴァリエテ』に収録されたエッセイの諸編を通して吉田が学んだことは、自明ということの意味であった。彼は、「レオナルド・ダ・ヴィンチ方法論序説」を若き日に執筆したヴァレリーに対し、こう書いている。

即ちヴァレリィはダ・ヴィンチの精神活動から何か新しい方法論を抽出しようとしたのではなく、寧ろ彼は人間が制作するといふ一つの自明な行為を前にしては如何なる新奇さもそれがただ新奇であるだけでは意味をなさないことを確認した上で、誰にしても大同小異の頭脳を有する人間の精神がいざ制作するに当つて取り得る形態を考へてゐる。言ふまでもなく、凡ては自明なことなのだ。併しそれを己が注意の対象として考察する為には、我々にとつて極めて重要な操作である故にそれを我々は顧慮しないのが仕来りとなつてゐる事柄に就て、ここで我々が無意識のうちに集積した体験を点検して見る必要がある。

すべてのものが自明であるとは、どのようなことか。それはすべてのものから対等な距離を取り、それを明察することに他ならない。もしその作業が十全に行われたとき、人はこの世界の多様性を、自分の内側の世界によって置き換えることができる。人は眼前に次々と出現しては消えてゆく多様性に対し、それを達観し、さまざまな超越的態度をとることができる。世界に存在するすべてのものは同等であり、等価である。この認識に立ったとき、人間の精神は何か特定のものに限定されることを拒み続けることを、自分の主義として自覚することができるようになる。

吉田健一がヴァレリーから受け取った精神の姿勢とは、そのようなものであった。少し大げさな表現になるかもしれないが、彼がヴァレリーに向けた眼差しは、若き日のヴァレリーがレオナルド・ダ・ヴィンチに向けたそれと、相同性を見せている。
吉田はヴァレリーが初期にあって執筆したレオナルド論をひとたび離れ、二〇年の後にふたたび彼に向き直ったときに執筆した「ノオト及び雑説」というエッセイを、ことのほか重視している。この二つの文章を隔てている歳月にこそ、ヴァレリーの「思想の根底」が見られるという考えである。もしこの直感が正しいとすれば、同等のことは、吉田とヴァレリーの間にもいえるかもしれない。最晩年になって吉田健一が過去を回顧して書いた、エッセイとも小説ともつかぬ様々な文章と、初期のヴァレリー探究の間にこそ、吉田健一の本質が横たわっている。吉田健一の著作を繙くたびにわたしが感じるのは、この歳月の隔たりを愛の距離として受け入れたまえという教えである。

（よもた・いぬひこ　批評家）

編集付記

一、本書は『精神の政治学』（創元選書、一九三九年六月刊）に訳者の関連エッセイ二篇を併せて文庫化したものである。文庫化にあたり、「精神の政治学」「地中海の感興」は筑摩書房版『ヴァレリー全集　11』（一九七四年二月刊）に拠った。

一、旧字旧仮名遣いは新字新仮名遣いに改めた。底本中、明らかな誤植と思われる箇所は訂正し、難読と思われる語にはルビを付した。

一、本文中、今日の人権意識に照らして不適切な語句や表現が見受けられるが、著訳者が故人であること、執筆当時の時代背景と作品の文化的価値に鑑みて、底本のままとした。

中公文庫

精《せい》神《しん》の政《せい》治《じ》学《がく》

2017年12月25日　初版発行

著　者　ポール・ヴァレリー

訳　者　吉《よし》田《だ》　健《けん》一《いち》

発行者　大橋　善光

発行所　中央公論新社

〒100-8152　東京都千代田区大手町1-7-1
電話　販売 03-5299-1730　編集 03-5299-1890
URL http://www.chuko.co.jp/

ＤＴＰ　ハンズ・ミケ

印　刷　三晃印刷

製　本　小泉製本

Published by CHUOKORON-SHINSHA, INC.
Printed in Japan　ISBN978-4-12-206505-5 C1198

各書目の下段の数字はＩＳＢＮコードです。978－4－12が省略してあります。

中公文庫既刊より

マ-15-1
五つの証言
トーマス・マン
渡辺　一夫
第二次大戦前夜、戦闘的ユマニスムの必要を説いたマンへの共感から生まれた渡辺による渾身の訳業。寛容論ほか渡辺の代表エッセイを併録。〈解説〉山城むつみ
206445-4

ウ-9-1
政治の本質
マックス・ヴェーバー
カール・シュミット
清水幾太郎 訳
ヴェーバー「職業としての政治」とシュミット「政治的なるものの概念」。この二十世紀政治学の正典を合わせた歴史的な訳書。巻末に清水の関連論考を付す。
206470-6

よ-5-9
わが人生処方
吉田　健一
独特の人生観を綴った洒脱な文章から名篇「余生の文学」まで。大人の風格漂う人生と読書をめぐる随想集。吉田暁子・松浦寿輝対談を併録。文庫オリジナル。
206421-8

よ-5-8
汽車旅の酒
吉田　健一
旅をこよなく愛する文士が美酒と美食を求めて、金沢へ、そして各地へ。ユーモアに満ち、ダンディズムが光る汽車旅エッセイを初集成。〈解説〉長谷川郁夫
206080-7

よ-5-11
酒　談　義
吉田　健一
少しばかり飲むというの程つまらないことはない――。飲み方から各種酒の味、思い出の酒場まで、ユーモラスに綴る究極の酒エッセイ集。文庫オリジナル。
206397-6

よ-5-10
舌鼓ところどころ／私の食物誌
吉田　健一
グルマン吉田健一の名を広く知らしめた「舌鼓ところどころ」、全国各地の旨いものを紹介する「私の食物誌」。著者の二大食味随筆を一冊にした待望の決定版。
206409-6

よ-5-12
父のこと
吉田　健一
ワンマン宰相はワンマン親爺だったのか。長男である著者の吉田茂に関する全エッセイと父子対談「大磯清談」を併せた待望の一冊。吉田茂没後50年記念出版。
206453-9